目次

禁裏
大宮御所
仙洞御所
禁裏付
鴨川
烏丸通
本能寺

天明　洛中地図

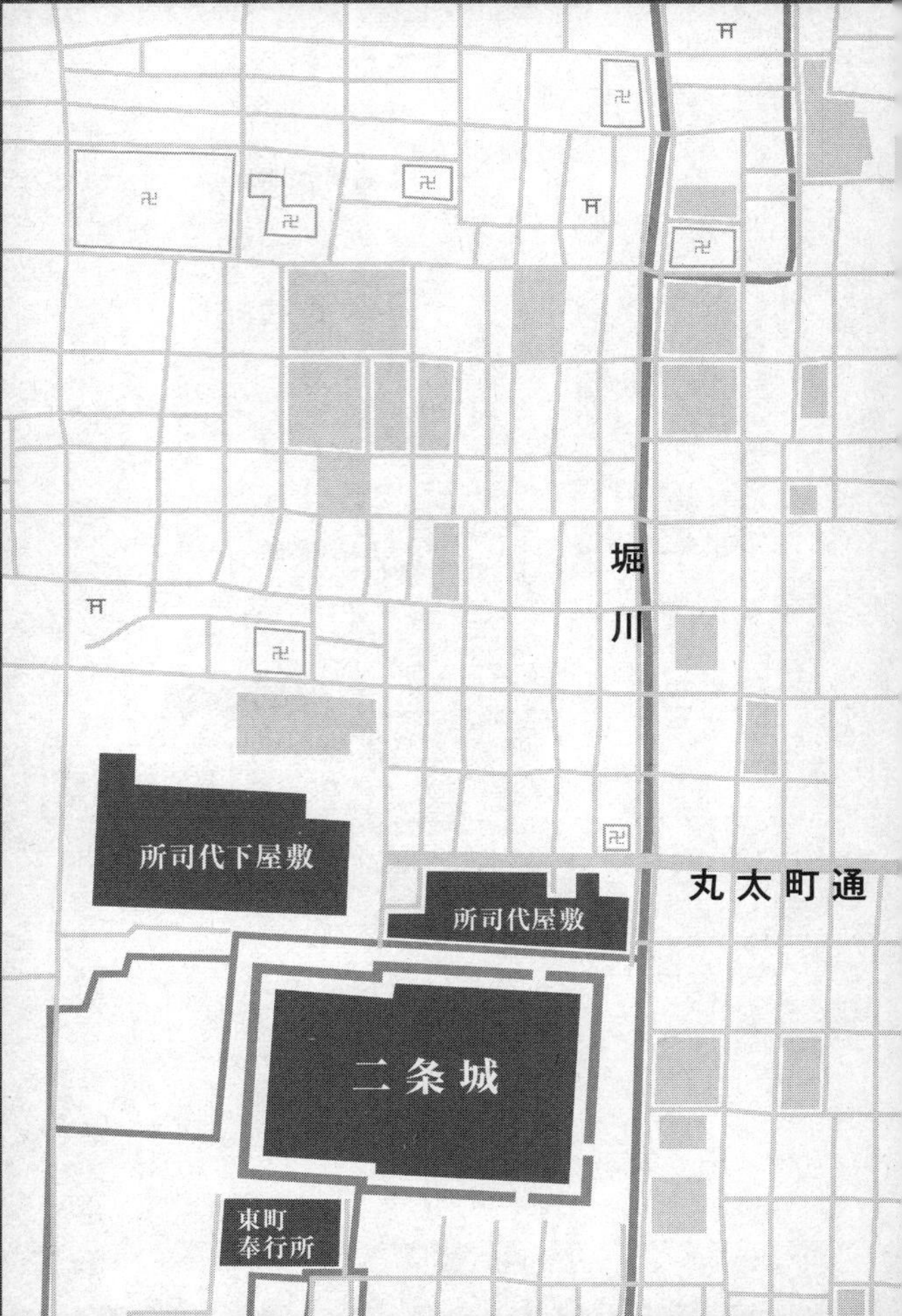

堀川

丸太町通

所司代下屋敷

所司代屋敷

二条城

東町
奉行所

天明　禁裏近郊図

今出川御門
乾御門
石薬師御門
禁裏
公家屋敷
鴨川
清和院御門
蛤御門
大宮御所
仙洞御所
公家屋敷
禁裏付
寺町御門
下立売御門
堺町御門

禁裏（きんり）

天皇常住の所。皇居、皇宮、宮中、御所などともいう。十一代将軍家斉（いえなり）の時代では、百十九代光格（こうかく）天皇、百二十代仁孝（にんこう）天皇が居住した。周囲には公家屋敷が立ち並ぶ。「禁裏」とは、みだりにその裡に入ることを禁ずるの意から。

禁裏付（きんりづき）

禁裏御所の警衛や、公家衆の素行を調査、監察する江戸幕府の役職。老中の支配を受け、禁裏そばの役屋敷に居住。定員二名。禁裏に毎日参内して用部屋に詰め、職務に当たった。禁裏で異変があれば所司代に報告し、また公家衆の行状を監督する責任を持つ。朝廷内部で起こった事件の捜査も重要な務めであった。

京都所司代（きょうとしょしだい）

江戸幕府が京都に設けた出向機関の長官であり、京都および西国支配の中枢となる重職。定員一名。朝廷、公家、寺社に関する庶務、京都および西国諸国の司法、民政の担当を務めた。また辞任後は老中、西丸老中に昇格するのが通例であった。

主な登場人物

東城鷹矢（とうじょうたかや）　五百石の東城家当主。松平定信から直々に禁裏付を任じられる。

温子（あつこ）　下級公家である南條蔵人の次女。

徳川家斉（とくがわいえなり）　徳川幕府第十一代将軍。実父・治済の大御所称号勅許を求める。

一橋治済（ひとつばしはるさだ）　将軍家斉の父。御三卿のひとつである一橋徳川家の当主。

松平定信（まつだいらさだのぶ）　老中首座。越中守。幕閣で圧倒的権力を誇り、実質的に政（まつりごと）を司る。

安藤信成（あんどうのぶなり）　若年寄。対馬守。松平定信の股肱（ここう）の臣。鷹矢の直属上司でもある。

弓江（ゆみえ）　安藤信成の配下・布施孫左衛門の娘。

戸田忠寛（とだただとお）　京都所司代。因幡守。

霜月織部（しもつきおりべ）　徒目付（かちめつけ）。定信の配下で、鷹矢と行動をともにする。

津川一旗（つがわいっき）　徒目付。定信の配下で、鷹矢と行動をともにする。

光格天皇（こうかくてんのう）　今上帝。第百十九代。実父・閑院宮典仁親王への太上天皇号を求める。

土岐（とき）　駆仕丁。元閑院宮家仕丁。光格天皇の子供時代から仕える。

近衛経熙（このえつねひろ）　右大臣。五摂家のひとつである近衛家の当主。徳川家と親密な関係にある。

二条治孝（にじょうはるたか）　大納言。五摂家のひとつである二条家の当主。妻は水戸徳川家の嘉姫（よしひめ）。

広橋前基（ひろはしさきもと）　中納言。武家伝奏（ぶけてんそう）の家柄でもある広橋家の当主。

第一章　古き形

一

土岐は、禁裏付東城典膳正鷹矢のもとから引き取って来た闇の女浪を閑院宮家へと連れてきた。

「ここは宮さまの……」

すぐに浪が気づいた。

「なぜ、わたくしがこのように貴きお屋敷へ……」

「おまはんには、ここで作法を覚えてもらうで」

戸惑う浪に土岐が告げた。

「作法とは、どのような」

　浪が問うた。

「主上にお仕えするためのや」

「な、なにを言われて……」

　土岐の言葉に浪が驚愕した。

「そこしかおまはんを守れるところはないよってな」

「わたくしを守るなど……」

　淡々と言う土岐に浪が混乱した。

　浪はもともと下級公家の娘であった。妾腹であったため、長女でありながら家族から疎まれ、居場所を失ったことから、砂屋楼右衛門という刺客業のもとへ身を寄せた。

　砂屋楼右衛門ももと侍従という地位まで上がった公家だったが、家の格式とされる官位を与えられず、すねた結果、闇へ堕ちた男で、浪と同病相憐れむといった感じで受けいれたのである。

　その砂屋楼右衛門に大坂の豪商桐屋利兵衛が鷹矢の殺害を依頼、紆余曲折の結果、砂屋楼右衛門は土岐によって命を断たれ、浪は捕らえられていた。

「おまはん、わかってないやろ。おまはんにどれだけの価値があるかを」

土岐がため息を吐いた。

「価値などありませぬ。人を欺し、殺め、貞操を失った女にどれほどの価値があると」

浪が首を左右に振った。

「あるがな。おまはんは砂屋のやってきたこと、そのすべてを知ってる。そうやろ」

「……それはたしかに」

土岐の確認を浪が認めた。

「誰が誰を襲わせた。それを知ることができたら、弱みを握れる」

「…………」

「そして、この間の始末もおまはんは目の当たりにした。おまはんは、典膳正はんが人を斬るところを見た」

「ひくっ」

じっと見つめる土岐に浪が息を呑んだ。

「禁裏付はんが、人を斬った。それはつごうが悪い。いくら襲われた火の粉を振り払ったちゅうても、表沙汰にされるとまずい。誰がやったかわからへんかったら、見ぬこと清(きよ)しで罪にはならへん。しゃあけど、公家の娘が証人となったら、さすがに無罪放免とはいかへんわ。少なくとも江戸へ呼び戻されて、目付(めつけ)の調べを受けることになる」

禁裏付とはいえ、目付の監察を拒むことはできなかった。

「あのとき聞いていたかどうかは知らんけどな。あの禁裏付は主上が気になさってはるんや」

「主上さまが……武家を」

浪が目を大きくした。

「おまはん、主上を甘く見てるやろ」

すっと土岐の声が低くなった。

「ひいっ」

放たれる殺気に浪が身体を震わせた。

「主上は心の広いお方や。身分や仕事で人を卑下(ひげ)なさるようなことはない。主上が嫌いはるのは、心根の卑(いや)しい者ども。嘘を吐く者、仲間を裏切る者、弱き者を泣かせる者。人柄で主上は相手をご覧になる」

　真剣な表情で土岐が述べた。

「………」

「おまはんらが嫌われて、女を助けるために身分と命を賭けた典膳正はんを気にいらはるのは当然やろ」

「ご無礼を申しました」

　光格天皇を侮っていたことを浪が詫びた。

「わかればええ。おまはんもお側にお仕えするようになったら、主上の偉大さを知ることはできるで」

「よろしいのでしょうか、わたくしのような者が……」

「もちろん、お側に侍るゆうても、お情けを頂戴するわけやない。おまはんは、未通女やないからな」

「はい」

　土岐の話に浪が俯いた。

　天皇の血筋は厳正でなければならなかった。少しでも疑義があれば、皇太子といえども高御座にあがることはできなくなる。

一度でも天皇以外の男と通じた女は、決して寝殿に控えることは許されなかった。そのために閑院宮家からおまはんを差しあげる形を取る」

「おまはんは主上のお世話をする采女の下働きとして、宮中に入る。そのために閑院宮家からおまはんを差しあげる形を取る」

いかに雑用係のさらに下働きとはいえ、身許の定かでない者はまずい。

土岐が険しい口調で告げた。

「もちろん、実家とは縁切りや。まあ、諸大夫で六位くらいの家やったら、御上のお側に近づくこともでけへんさかい、見つかることはないやろうけど……決して御所から出たらあかん」

「はい」

浪が首を縦に振った。

「いつごろ御所へ」

「ここは万全とは言えんでな。意表を突いた形やさかい、ええとこ十日ほどやろう。閑院宮家は主上のお里や。裏切る者はおらへんやろうけど、世間話で漏らす者がいいひんとはかぎらん」

小者のなかには浪の美貌に浮かれる者も出てくる。そういった連中が、外で自慢げに、「新しく入った女中はええ女や」と言えば、三日で洛中の評判になる。それが京であった。

「十日……」

「休んでいる間はないで」

短いと途方に暮れている浪に、土岐が断じた。

閑院宮家に浪を預けた土岐は、その足で御所へと向かった。

「主上」

清涼殿（せいりょうでん）の床下から、土岐が光格天皇に声をかけた。

「爺（じい）か。どうであったか」

光格天皇が首尾を尋ねた。

「主上のご威光をもって、無事に」

「役に立ったようだの」

土岐の答えに光格天皇が満足そうに微笑（ほほえ）んだ。

「さすがに闇の者とはいえ、ご宸筆には逆らえませぬ」

「……爺」

敬うような土岐の話し方に、光格天皇が不満げな口調になった。

「わからはりますか」

土岐が砕けた。

「生まれたときから一緒におるのだ。爺の癖はわかっておる。嘘を吐くときは、いささか話し方が早くなるぞ」

「それは存じまへんでした。以後気をつけまする」

癖を見抜かれた土岐が苦笑した。

「侍従がご宸筆にも従いませんでしたので……」

「そうか、嫌なまねをさせたの」

「畏れ多いことでございまする」

ねぎらった光格天皇に、土岐が恐縮した。

「もう限界か」

「なにを仰せになられますやら」

あきらめたような口調の光格天皇に、土岐が絶句した。

「公家とは礼節と伝統を重んじ、祭事を支える者であったはずじゃ。それが血で身を汚すようなまねをするだけでなく、帝たる朕の勅を軽視する。これでは朝廷の意味がなかろう」

「すべての公家が、あの者ほど愚かではございまへん」

あわてて土岐が否定した。

「一つが腐れば、周りも腐るという。極官が参議という家柄の者が、侍従で終わったからといって、朕に従わぬなど、論外であろう」

「…………」

正論を口にする光格天皇に土岐は黙った。

「安心いたせ。朕の代で朝廷を潰すようなまねはせぬ。そこまで朕は過激か」

光格天皇が苦笑した。

「お庭の柿の木に登られたり、泉水に入って鮒を手摑みにされたり……」

「わかった、わかった。子供のころのことを申すな。まったく、爺はこれゆえに始末が悪い」

小さなころの悪戯を数えられた光格天皇が手を振った。

「そういえば、もう一人公家の血筋がおったろう」

ふと光格天皇が思い出した。

「諸大夫の庶子の娘がおりました」

「その者は……」

「捕らえて、今、閑院宮家さまで預かっていただいておりまする」

訊かれた土岐が述べた。

「閑院宮家だと……なるほどの」

すぐに光格天皇が悟った。

「その女のことは、爺に任せる」

「はっ」

「ところで、だ」

光格天皇の口調が軽いものになった。

「典膳正に一つ貸しじゃと伝えたのであろうな」

「あっ……」

宸筆を渡すときに光格天皇は、典膳正への貸し一つだと土岐に告げていた。そのことについて念を押された土岐が、小さく声を漏らした。

「忘れておったな」

「申しわけもございませぬ。ただちに」

あきれた光格天皇へ謝罪して、土岐が床下から消えた。

「隠居したとはいえ、公家であった者が人を殺して金をもらう。従四位侍従が軽いものになったのか、それとも朝廷の箍が外れたのか……代を重ねるごとに質が落ちるのならば、名門など害悪でしかないわ」

一人になった光格天皇が瞑目した。

二

禁裏付は二人定員、役高千石、老中支配ながら京にあるときは、京都所司代の支配を受ける。朝廷の非違監察、禁裏の内証を監査するのが役目であった。

「典膳正どの、ちとよろしいかの」

いつものように禁裏へ出た鷹矢のもとへ、同役の黒田伊勢守（くろだいせのかみ）が訪れた。

「どうぞ」

鷹矢が了承した。

禁裏付は月交代で朝廷の日記部屋、あるいは武者伺候の間に詰める。

今月は鷹矢が武者伺候の間で、黒田伊勢守が日記部屋であった。

「役儀をもってお伺（うかが）いいたす。貴殿のご家中になにか異変はござらぬか」

黒田伊勢守が質問した。

「当家にでござるか。はて、江戸の屋敷からはなにも申して参っておりませぬが」

鷹矢が首をかしげた。

「おふざけあるな。百万遍（ひゃくまんべん）の役屋敷におられるお女中の一人になにかござったろう」

黒田伊勢守が語調を強くした。

「いや、なにもござらぬが」

わけがわからないといった顔で鷹矢が否定した。

「しらを切られるか。洛東（らくとう）を駆ける貴殿を見た者がおるのでござるぞ」

「拙者を見た者がおる。身に覚えのないことで誣告（ぶこく）されるのは本意にあらず。その者は誰でござるか」

「それは申せぬ」

　鷹矢の要求を黒田伊勢守が拒んだ。

「はて、それでは貴殿の言われることが真かどうかを、まず疑わねばなりませぬな」

　小さく鷹矢が首を左右に振った。

「ごまかされるな。他にも南禅寺の裏山から、女を抱いて降りてきたのを見たと申す者もおる」

　黒田伊勢守がさらに迫った。

「その者を信じ、拙者を疑うと」

　鷹矢が黒田伊勢守を睨んだ。

「そういうわけではないが、疑義あれば問うのが役目である」

　黒田伊勢守が告げた。

　禁裏付が二人勤務なのは、一人だと海千山千の公家に取りこまれてしまうからだ。それを防ぐため、禁裏付には相役を調べることが認められていた。

「拙者に疑義を問う前に、その者たちが真を申しているかどうか、見間違いでないかどうかを、まず確かめられるべきでござろう」

「……聴取はした」

「いつのことでござるかの」

「昨日じゃ」

「何刻くらいでござる」

「昼過ぎじゃ」

鷹矢が問い、黒田伊勢守が答える。どちらが詰問しているかわからない状態になった。

「その者どもの居場所は判明いたしておりますな。まさか、行きずりの者の話だなどとは言われますまいな」

「もちろんである」

確認した鷹矢に黒田伊勢守が胸を張った。

「だが、それを貴殿に伝えるわけにはいかぬぞ。証言した者は、皆、町人じゃ。貴殿に脅(おど)しつけられては、怯えるであろうからな」

証人の身許(みもと)は明かせないと黒田伊勢守が言った。

「拙者は聞かぬ」

「……では、なぜ居場所を」

「嘘偽りがないかどうかを、東町奉行池田丹後守どのに見極めていただく」

「東町奉行……」

黒田伊勢守は怪訝な顔をした。

「池田丹後守どのならば、町人との遣り取りには慣れておられよう。その者が真を申しておるのか、偽りを申しておるのか、しっかりと見抜かれよう。そのうえで、池田丹後守どのが真実だと認められたならば、拙者は従う」

「それは職を辞すると」

「自ら辞することはできぬ。上様より命じられたものゆえ。しかし、進退伺いは出そう」

ぐっと身を乗り出して問うた黒田伊勢守に鷹矢が首肯した。

「わかった。では……」

黒田伊勢守が話は終わったと腰をあげかけた。

「ただし、偽りであった場合は、相応の対応をさせていただく」

「……相応の対応とはどのような」

黒田伊勢守があげた腰を下ろした。

「ご老中さまへ、経緯をご報告いたす」

「……松平越中守さまへか」

述べた鷹矢に、黒田伊勢守の顔色が変わった。

禁裏付は一度命じられると十年が任期とされている。明文化されているわけではないが、慣例として十年京で働いた後、遠国奉行などへ転じていく。妖怪とまでいわれる公家衆と渡り合った実績は評価の対象となり、事後の栄達は約束されているといえる。

だが、松平越中守定信は、前任者を二年ほどで更迭してまで、鷹矢を後任に押しこんだ。これは松平定信が駒として、鷹矢を利用するためである。その駒の動きを邪魔したとなれば、松平定信の怒りを買うのは当然であった。

「任において不都合あり」

理由はあきらかにしないでの左遷など、幕府にはいくらでもある。禁裏付から一気に無役の小普請組へ落とされる可能性もあった。

「…………」

「お帰りあれ。お役目を果たされよ」

固まったような黒田伊勢守に、鷹矢が手を振った。

「あ、ああ」

黒田伊勢守が額に汗を浮かべながら、退出していった。

「面倒なことばかり続く」

同役まで敵になった。鷹矢は大きく嘆息した。

桐屋利兵衛は、浪の行方を捜そうとしていた。

「おまはんが、南禅寺のあたりを縄張りにしている御用聞きだね」

「へい。観音(かんのん)の五郎兵衛(ごろべえ)と申します」

呼び出された御用聞きが頭(こうべ)を垂(た)れた。

「まずは、これを取っとき」

すっと桐屋利兵衛が小判を三枚取り出した。

「いただけますんで」

観音の五郎兵衛が小判から目を離さずに訊いた。

御用聞きの手当は安い。月に一分ももらえればいいほうで、下手をすればなしというときもある。それでも御用聞きのなり手がなくならないのは、目の前にある小判のような余得があるからであった。

「出したもんを引っこめるほど、わたしはけちやない」

「では、遠慮のう」

さっさと持っていけと顎をしゃくった桐屋利兵衛に一礼して、観音の五郎兵衛が金を懐にしまった。

「南禅寺の裏山に、線香や仏花を扱う小店があったのは知ってるかい」

「存じておりやす」

桐屋利兵衛の確認に観音の五郎兵衛がうなずいた。

「若い女が一人でやっておりやした。それがどうか」

観音の五郎兵衛が付け加えた。

「その女の顔は覚えているかい」

「もちろんで」

確認された観音の五郎兵衛が首を縦に振った。

「その女を連れてきてんか」

「……あの女は、とある男の妾でっせ」

桐屋利兵衛の要求に、観音の五郎兵衛が念を押した。

「わかってる。あの女に誰の手が付いてようともかまへん。連れておいで」

「へい」

金主の意向はもっとも優先される。それ以上のことを観音の五郎兵衛は訊かず、うなずいた。

「頼んだよ。うまくいけば、今後、うちの店へ出入りしてもらうさかいな」

「ほんまでっか」

思わず観音の五郎兵衛が大声を出した。

安い手当でも御用聞きが喰っていけるのは、商家から出される心付けのおかげである。しかし、伝統を心の支えとしている京では、そうそう新しい商家は増えない。あっても、跡を継げない息子あるいは、長年尽くした番頭などが許されるのれん分けで、その場合は本家のかかわりをそのまま受け継ぐため、新規の得意先にはなり得ない。

桐屋利兵衛のように、まったくの紐付きでない新規開業は、御用聞きにとって純粋に得意先を増やす好機であった。

「がんばり次第やけどな」

「任せておくんなはれ。この観音の五郎兵衛、南禅寺のあたりのことなら、どこの猫の毛が何色やまで知ってまっさ」

出来が悪ければ縁を切ると遠回しに告げた桐屋利兵衛に、観音の五郎兵衛が自信を見せた。

「よろしんでっか」

勇んで帰っていった観音の五郎兵衛の代わりに、桐屋利兵衛の前に京の出店を任せている九平次が顔を出した。

「……ほな、おまえが探すか」

「それは……店のこともおますし、お公家衆とのかかわりも……」

じろと桐屋利兵衛から睨まれた九平次が首をすくめた。

「わたしも忙しいからね。自分で探しにいかれへん。となれば、できる者にさせるしかないやろう。こういうときに金は遣うんや。ええか、金は無駄に遣うたらあかん。

生きた遣い方をしてこそ、商人や」

「すいやせん」

説教された九平次が小さくなった。

「わかったら、己の仕事をしい。ええか、おまえの代わりはいくらでもいてるんやで。太助とか、清右衛門とか」

「すいやせん。ただちに」

大坂にいる同僚の名前を出された九平次が震えあがった。

「まったく、一端の顔をして、わたしに意見をしようなんて、百年早いわ」

這々の体で逃げていった九平次の背中を見送って、桐屋利兵衛が吐き捨てた。

三

松平定信から鷹矢の見張りを命じられた御家人霜月織部は、南禅寺裏の御堂と呼ばれた砂屋楼右衛門一党と鷹矢の争いの一部始終を見ていた。

「あの仕丁は何者だ。あやつが懐から出したのが、ご宸筆だなどとあり得るのか」

霜月織部は、悩んでいた。

仕丁とは、朝廷や公家で下働きをする男を指す。武家でいえば中間のようなもので、身分は低い。それでも朝廷の仕丁となれば、初位か従八位といった官位を持つことが多く、御家人に過ぎない霜月織部よりは格上になる。とはいえ天皇の直筆である宸筆を手にできるわけはなかった。

「だが、誰もがそれを指摘しなかった。砂屋も女も……東城もだ」

霜月織部の疑問はそこにあった。

「あの仕丁は、天皇の意志を伝えられるだけの格式を持つのか。仕丁とは仮の姿で、じつは昇殿できる身分……いや、それはない。あの仕丁は何度も東城の屋敷へ、あの貧相な格好で出入りしていた」

身分や格式というのは、出世で手に入る。だが、代々受け継いできた雰囲気というか、身に纏う空気まではそう簡単に身につかない。

少し前まで徒目付として、松平定信の隠密御用をしてきた霜月織部である。そのあたりには詳しい。

「……探るしかないな。枡屋茂右衛門だけでも面倒だというに、東城の周囲にこれ以上は不要だ」

霜月織部が、百万遍の役屋敷を見張りに出向いた。

禁裏付の役目は昼過ぎに終わる。

朝廷からの気遣いとされる豪勢な昼餉を食べれば、あとは日記部屋へ届けられる内証帳面の確認をすませれば禁裏から出られる。

「黒田伊勢守さまのご印綬つつがなく終わって候」

武者伺候の間に、当番の蔵人が報告に来た。

「ご苦労であった」

禁裏付の権威を守るのも役儀である。鷹矢は鷹揚にねぎらった。

どこでも同じだが、監察役や上役がいつまでも仕事場に居座っていると、下僚たちが気詰まりで帰宅できない。

刻限になれば、さっさと席を立つのも役割の一つであった。

「……殿」

御所を出たところで、家士の檜川が行列を率いて出迎えた。

「うむ」

御所から百万遍の役屋敷までは、歩いたところでたいした距離ではない。しかし、禁裏付は行列を仕立て、駕籠で移動するのが決まりであった。

「不安だ」

駕籠のなかで鷹矢がため息を吐いた。

「殿、ご安心くださいませ。わたくしがかならずお守りいたしますゆえ」

駕籠脇で供をする檜川が宥めるように言った。

「わかっているがな。そなた一人では、手が回るまい」

「…………」

鷹矢の言葉に檜川が沈黙した。

駕籠のなかにいると、咄嗟に動けない。左右から同時に襲われたら檜川一人では対応できなくなる。

行列には檜川以外にも、槍持ち、挟み箱持ち、陸尺などがいる。だが、それらは朝晩だけ鷹矢の供の振りをする雇われでしかなく、なにかあれば、あっさりと鷹矢を見捨てて逃げる。

いや、下手をすれば敵に金で買われて、襲撃の手引きをしかねなかった。

「警固を増やしまするか」

檜川が問うた。

「……難しいな」

駕籠のなかで鷹矢が苦い顔をした。

これが江戸であれば、家臣もいる。もっとも今どきの旗本の家臣である。剣術なんぞ型だけしかやってないくらいならまだまし、生まれてこのかた刀を抜いたこともないという者ばかりであった。

泰平が長く続くと、剣術より算術になる。槍より算盤を使えるほうが、役に立つ。当主も家臣に武は求めない。なにせ、鷹矢でさえ、まともに剣術道場に通ったことなどないのだ。

屋敷まで剣術の師範を招いて、出稽古を受けていただけで、実力の伯仲する仲間と切磋琢磨するような鍛錬はしていなかった。

また、師範も出稽古をするような相手に、本気で剣を教えこむつもりなどない。少しでも厳しくすれば、すぐに辞めさせられ、怪我でもさせようものならば、罪に落とされかねないのだ。

もちろん、剣の持ちかた、振りかた、止めかたくらいは身につく。

形式上の話には違いないが、武士は戦う人である。

鷹矢も旗本の素養として剣術、槍術、弓術、馬術は学んでいた。だが、それでは勝てないと身にしみている。

「お帰りい」

駕籠は鷹矢の危惧を置き去りにして、無事に百万遍の役屋敷に着いた。

「お帰りなさいませ」

「お疲れさまでございまする」

屋敷の玄関式台に手を突いて、南條温子と布施弓江が出迎えた。

「うむ。変わりはないか」

鷹矢が駕籠から降りて、問うた。

「枡屋が参っておりまする」

弓江が告げた。

枡屋茂右衛門は、伊藤若冲という筆名で天下に知れた絵師である。ひょんなことから鷹矢と知り合い、禁裏付役屋敷の襖絵を引き受けていた。

「邪魔をしてはいかぬな。布施どの、夕餉の用意を一人分増やして……」

「もう一人分、頼んまっさ」

後ろから声が割りこんだ。

「……土岐か」

振り向いた鷹矢が、土岐の姿に苦笑した。

「…………」

無言で弓江が頭を下げた。

囚われていた状況だったとはいえ、土岐が己の解放に努力してくれたことを弓江は見ていた。

それまでは、鷹矢になにかと絡んでくる土岐をうるさく思っていた弓江も礼をもって対応するようになっていた。

「かなんなあ」

弓江の変化に、土岐がなんともいえない顔をして照れた。

「おぬしでも困ることがあるのだな」

「わたいをなんだと思ってはりますねん」

笑った鷹矢に、土岐が膨れた。

「茶を出してやってくれ。拙者は着替える」

鷹矢が土岐を客間に通せと指示を出し、書院へと向かった。

他人前(ひとまえ)で袴を身につける。これは髭(ひげ)を生(は)やさない、月代(さかやき)を伸ばさないと同じく武家の礼法であった。

「待たせたの」

弓江の手伝いで着替え終わった鷹矢が、客間で茶を飲み、焼き餅をほおばっている土岐の前に座った。

「と、とんでもおまへん。お茶もあるし、焼き餅も出してもろうてる。一日やそこら放置してもろうてもかまいまへんわ」

あわてて餅を呑みこんだ土岐が、手を振った。

「気をつけろよ。餅は怖いぞ」

「そんな失敗はしまへんわ」

お茶で喉の滑りをよくした土岐が苦笑した。

「どうぞ」

見計らっていたように、温子が鷹矢の前に茶を置いた。

「拙者に餅はないのか」

鷹矢がさみしそうに問うた。

「まもなく、夕餉でございまする。ご辛抱くださいませ」

温子が微笑んだ。

「餅の一つや二つで、夕餉が入らぬなどということはない」

「今宵は、琵琶の湖から届いた鮎の一夜干しでございまする」

すねた鷹矢に温子が告げた。

「鮎の一夜干し……豪勢でんなあ」

土岐が身を乗り出した。

「……多めにしてくれ」

「わかっておりまする」

求めた鷹矢に、微笑みを残して温子が首肯した。

「……で、今宵はなんだ」

温子が台所へ下がっていくのを待って、鷹矢が土岐へ尋ねた。

「夕餉を集りに来ただけやとは、思いはりませんか」

「顔つきが違う」

鷹矢が土岐の顔を指さした。

「……はあ、まだまだ未熟でんなあ。典膳正はんに見抜かれるとは」

土岐が大きなため息を吐いて見せた。

「わかっていながら、やったであろう。他人払いをさせたかったのか」

あきれたように鷹矢が応じた。

「ちょっとはできるようにならはったようで」

土岐の表情が変わった。

「身を慎め」

「はっ」

雰囲気を変えた土岐に、鷹矢が平伏した。

「主上さまの諚である。こたびの手助け、一つ貸しだと心得よ」

「……承りましてございまする」

　鷹矢が頭を上げずに応諾した。

　旗本は将軍の指図には絶対に従わなければならない。さらに人として天皇の言葉に否(いな)やは言えなかった。

「お伝えしましたで」

　ふっと土岐が纏う空気をやわらげた。

「まったく、主上さまには敵(かな)わぬ」

　顔を上げた鷹矢が首を横に振った。

「当たり前のことですで。主上さまに敵うお方はいてまへん」

「………」

　将軍を主君といただく旗本として、鷹矢は土岐の言葉への反応を避けた。

「固いこって」

　土岐が頬をゆがめた。

「そういえば、若冲はんが来てはりますんやろ。そろそろお声をかけたほうが、ええんと違いますか。あのお方は絵を描き始めると、ご飯忘れまっせ」

「そうだな。呼んでこよう」

「わたいが行きまっさ。干し鮎の代金代わりに」

腰をあげかけた鷹矢を制し、土岐が素早く客間を出ていった。

四

勝手知ったる他人の屋敷、土岐は迷うことなく枡屋茂右衛門が作業している奥の間へと向かった。

「……相変わらず見事なもんや」

襖紙に絵筆を走らせている枡屋茂右衛門の技に、土岐が感心した。

「…………」

すぐ側で声がしても、枡屋茂右衛門は振り向きもしなかった。

「絵描きとか、彫り物師とかは、夢中になると周りが見えへんようになる」

土岐が天を仰いだ。

「かというて、このまま放置していたら、折角の干し鮎が固うなる」

干物は焼けば柔らかくなるが、冷えると一気に固くなる。

「固うなった干し鮎で湯漬けするのも、ええもんやけどなあ。やっぱり温かいうちに喰いたいわな」

土岐が手を叩いた。

「枡屋はん、飯でっせ」

「……うるさい」

作業の邪魔をされた枡屋茂右衛門が、土岐を睨んだ。

「飯やと言うてますねん。典膳正はんがお呼びだっせ」

「…………」

土岐に言われて、枡屋茂右衛門が眉をしかめた。

「食いもんの恨みは大きいでっせ。腹減ってますねん。それにそろそろ日が暮れますわ。蠟燭とか燭台では、ええ色出まへんやろ」

「……たしかに」

枡屋茂右衛門は、うなずいて絵筆を置いた。

「少しだけ待っておくれやす。筆を洗わないと使えなくなるよってな」

絵師から普通の隠居に戻った枡屋茂右衛門が、普段の言葉使いに戻った。

「それくらいなら」

土岐が認めた。

「……なあ、若冲はん」

筆を洗っている枡屋茂右衛門に土岐が話しかけた。

「なにかの」

「どない思わはります」

「なにをや」

土岐の問いかけに、枡屋茂右衛門が訊き返した。

「先のこってすわ。このまま無事にことがいくと思わはりますか」

「あかんやろうな」

筆の先を拭きながら、枡屋茂右衛門が首を左右に振った。

「典膳正はん、そもそもの目的は大御所称号ですわな」

「無理や」

一言で枡屋茂右衛門が否定した。

「主上さまが一度退けはったんや。少なくとも御当代さまの御世ではない」

「さすがでんな」

断言した枡屋茂右衛門に土岐が感心した。

「となると、いつまでも典膳正はんを京に置いとく意味はおまへんな」

「ないな」

枡屋茂右衛門が土岐を見つめた。

「禁裏付は、田圃の案山子や。脅すだけで動かへん。それが初めて、禁裏に影響を及ぼそうとした」

「…………」

無言で枡屋茂右衛門が、先を促した。

「ひずみが出ますなあ。典膳正はんが京に残ろうが、江戸へ帰らはろうが」

「朝廷と幕府のかかわりが変わると言いたいんやな」

「話が早うて助かるわ」

答えた枡屋茂右衛門に土岐が笑った。

「それがどないしたと」

枡屋茂右衛門が土岐から目を外さずに言った。

「わたくしにはかかわりがない。絵さえ、好きに描ければ、それでええ」

「ほな、なんで典膳正はんの手助けをしてなはる」

先のことには興味がないと言った枡屋茂右衛門に土岐が詰め寄った。

「なんでやろうなあ」

枡屋茂右衛門が首をかしげた。

「わからないねえ。では、おまはんはなんでや」

今度は枡屋茂右衛門が質問した。

「主上さまのおためになると思うからやな」

「……主上さまの」

土岐の話に枡屋茂右衛門が驚いた。

「主上さまのご退屈が少しでも慰められれば、ええ」

土岐が告げた。

「見世物扱い……」

「なにをしでかすか、わからへん見世物ほど楽しみなものはおまへんやろ」

「無礼やろう、東城さまを見世物なんぞに比すのは」

笑った土岐を枡屋茂右衛門が叱った。

「なにを言うてますねん。世のなかなんぞ、全部見世物ですがな」

土岐が笑いを消した。

「生まれたときから、公家は公家、武士は武士、民は民と、なにになるかを決められてますねんで。そんなもん、役を決められている芝居ですわ」

「芝居と言うかい」

枡屋茂右衛門が目つきを鋭くした。

「でなければなんですねん。人の生涯なんぞ、あっという間に終わりますやろ。長生きしたかて百年や。この国が生まれて二千年。たった二十分の一でしかおまへん。百年生きても二十分の一、普通の者なら五十年ほどでっせ。四十分の一で、どれだけの影響があると」

土岐が淡々と続けた。

「わかってはりますやろ、枡屋はんも。でなければ、商いを、店を捨てて、絵なんぞ描かへんはずや」

「なにをっ」

言われた枡屋茂右衛門が息を呑んだ。

「絵は、代をこえますさかいな」

「…………」

口の端を吊り上げた土岐に、枡屋茂右衛門が絶句した。

「枡屋茂右衛門という名前は埋もれても、伊藤若冲の作品は残る」

土岐が述べた。

「それも見世物ですやろ」

「違う、絵には心がこもってる」

「見世物には心がないとでも」

「それはっ……」

突き返された枡屋茂右衛門が詰まった。

「人生は芝居みたいなもんでっせ」

土岐が結論づけた。

「芝居……いつわりだと」

「いつわりやおまへん。演じている本人にとっては真実。ただ、他人の真実は、どうでもええことですで」

「むうう」

枡屋茂右衛門が唸(うな)った。

「どうして、そう思うた」

目つきを鋭くした枡屋茂右衛門が土岐に迫った。

「近いなあ。男に迫られて喜ぶ性癖はおまへんわ」

土岐が枡屋茂右衛門との間合いを空けた。

「主上さまや。本来やったら、閑院宮家で貧しいながら、あるていど好きなことができになるはずやった。それが、至高の座が呑みこんでしもうた。今の主上は、己一人では何一つでけへん。水を飲む、午睡(ごすい)を取る、朝、床でまどろむ。それらすべてを奪われてしまわれた。主上と呼びかたが変わっただけでな」

「役割やと」

「そうや。人は全部役を演じている。いや、気づかんで演じさせられてる。おまはんも、わたいもな。もちろん、典膳正はんもな。ただ、あの人はちょいちょい外れる」

「……たしかにの」

鷹矢のことだけは同意だと枡屋茂右衛門が首を縦に振った。

「まあ、返事はまた今度でよろしいわ。あんまりときをかけると干し鮎が冷えてまうよってな」

土岐がいつもの顔つきに戻った。

夕餉は土岐が一人でしゃべり、賑(にぎ)やかに終わった。

「ああ、喰うた、喰うた。もう、これ以上入らへん」

土岐が腹をさすった。

「食べ過ぎだ」

「吝(しわ)いこと言いなはんな。米くらいなんぼでもおますやろ」

あきれる鷹矢に土岐が言い返した。

「米が惜しいわけではない。腹も身のうちという。無理をさせては、身体に悪いと心配しておるのだ」

「わたいを気遣ってくれますのん。それは、ありがたいことで。この身が女やったら、惚れてるところや」

ため息を吐いた鷹矢に土岐がしなを作った。

「気持ち悪い」

鷹矢が手を振った。

「あははは。さてと」

笑った土岐が立ちあがった。

「いかい御馳走になりました。これで失礼しまっさ」

「わたくしもこれにて」

帰ると言った土岐に、枡屋茂右衛門が同調した。

「うむ。日も暮れておる。引き留めもできぬ。気をつけての。布施どの、お帰りじゃ」

身分が違う鷹矢が見送りに立てば、またいろいろ言い出す者がでる。鷹矢はその場で二人に手を振った。

「提灯をどうぞ。では、お気をつけてお戻りを」

鷹矢の代わりに弓江が二人を潜り戸まで見送った。

「御馳走さまでございました」

「おおきに、おいしゅうございました」

枡屋茂右衛門と土岐が、弓江へ一礼して、禁裏付屋敷から出た。

「すっかり夜でんなあ」

土岐が述べた。

「月が出ているだけましやな」

枡屋茂右衛門が空を見上げた。

「提灯要りまへんな」

土岐が受け取った小型の懐提灯の灯を消し、折りたたんで懐へと入れた。

「どちらを選ばはりますやろ」

歩き出した土岐が口を開いた。

「南條さまか、布施さまかということかいな」

「さいで」

確認した枡屋茂右衛門に、土岐がうなずいた。

「南條はんは難しいなあ。なんせ、お父上さまが捕まったよってなあ」

「そんなもん、どうにでもなりますがな。どこぞの公家の養女にしたら、すむ話でっせ」

首を横に振る枡屋茂右衛門に、土岐が述べた。

「引き受ける公家はんがおるか」

「いてはりまっせ。いくらでも。金さえ積めば、すむこと」

「たしかに金で娘を商家に売るお公家はんもいてはるなあ」

枡屋茂右衛門が土岐の言葉に、大きく息を吐いた。

「しかし、あの東城さまが、そんな金を出しはるかなあ」

鷹矢が金で片を付けるという行為を認めるかどうか、枡屋茂右衛門が首をかしげた。

「惚れた女のためやったらわかりまへんで」

土岐が下卑た笑いを浮かべた。

「……それもそうやな。男は女のためやったら、できるかぎりのことをしたがるものやからなあ」

枡屋茂右衛門が苦笑した。

「おっと」

土岐が蹴躓いて、枡屋茂右衛門にもたれかかった。

「大丈夫かいな。呑みすぎたんと違うか」

あわてて枡屋茂右衛門が支えた。

「声出さんといてや」

土岐が囁いた。

「…………」

「振り向いたらあかん。付けられてるわ」

口を閉じた枡屋茂右衛門に土岐が告げた。

「すんまへん。そんな呑んだつもりはおまへんねんけどなあ」

土岐が頭を掻いた。

「ただ酒やと思うて……」

枡屋茂右衛門が説教を始めた。

「どっちが狙いか確かめますよって、次の角で別れまひょ。安心しておくれやす。もし、枡屋はんやったら、その後ろから付いていきますわ」

付けている者を付けると土岐が言った。

「まったく」

枡屋茂右衛門があきれた風を装いながら、小さくうなずいた。

「……ほな、ここで」

「ああ。お疲れはん」

角で二人が別れた。

「……分かれたか」

少ししてから月明かりのなかに、霜月織部が姿を表し、角の陰を利用して、土岐の背中を窺（うかが）った。

「……いた」

霜月織部が土岐の後を追った。

「わたいかいな」

土岐が独りごちた。

「枡屋はんやったら、どうしょうかと思うたけど……誰やろうな。思いあたることが多すぎる」

小さく土岐が嘆息（たんそく）した。

「しかし、面倒やな。このまま宮家へ帰るわけにはいかんがな」

閑院宮家から光格天皇のもとへ貸し出されている形の土岐の家は、宮家のなかにある。

「しゃあないなあ。顔だけ見たら撒くか」

苦笑した土岐が目に付いた公家屋敷の塀を乗りこえた。

「……気づかれたか」

十間(約十八メートル)ほど離れていた霜月織部が、土岐の行動に足を止めた。

「ここまでか」

霜月織部が土岐の後を付けるのをあきらめ、踵を返した。

「……ここが誰の屋敷か確認しにくるときに顔を見てやろうと思ったけど……やりよるなあ」

塀の上で霜月織部の行動を見張っていた土岐が感心した。

「背中を向けたときに、両刀が見えた。武家かいな。となると典膳正はんやな、かかわりは」

土岐が推察した。

「ちいと目立ちすぎたわ。やれ、これも典膳正はんのせいやで」

頬をゆがめて、土岐も闇へと消えた。

五

二条大納言治孝の叱責を松波雅楽頭は黙って受けるしかなかった。

「しくじりが過ぎるわ」

「申しわけもございまへん」

松波雅楽頭が床に頭を押し当てて詫びた。

「南條蔵人が、京都所司代に渡された」

「そのようで」

「麿の名前が出るようなことはなかろうな」

「それはあり得まへん。南條蔵人も公家の端くれ。二条家に逆らうようなまねは、絶対にいたしまへん」

主君の危惧を松波雅楽頭が否定した。

「京都所司代が南條を責めたてたら、わからへんやろうが」

「いかに京都所司代というたところで、六位の公家を取り調べる権はおまへん。公家を取り調べられるのは、弾正台と検非違使、それと禁裏付だけ」

まだ不安を払拭できない二条大納言に、松波雅楽頭が頭を横に振った。

「なんとかして、南條を取り返せ」

「わかっておりまする」

二条大納言の命に、松波雅楽頭がうなずいた。

「それが無理なら……」

最後まで言わず、二条大納言が松波雅楽頭を見つめた。

「御所はん、それはあきまへん」

松波雅楽頭が首を横に振った。

「なんでや」

「所司代屋敷に囚われている者が殺されたら、京都所司代が黙ってまへん。それこそ、禁裏付を差配して、朝廷を探らせます」

「戸田因幡守にそんな肚があるか。朝廷と諍いを起こせば、老中への出世はなくなるぞ」

二条大納言が反論した。

京都所司代のもっとも大きな任は西国大名の監視である。それに続いて大切な役目が、朝廷と幕府の仲を維持することであった。

もし、京都所司代が下手人捜しとして、朝廷に手を出そうものならば、公家たちの反発は避けられない。

普段、朝廷のなかでの順位、官位を争っている公家たちも、外からの圧力を受ければ、たちまち一枚岩になって抵抗する。

「京都所司代の無礼は看過できぬ」

五摂家ともなると将軍と縁組を交わしている。事実近衛家は六代将軍家宣に、鷹司家は五代将軍綱吉に、娘を輿入れさせている。その筋からでも戸田因幡守への苦情を伝えれば、まちがいなく更迭される。

「問題は、どのような理由で身請けに行くか……」

二条大納言が難しい顔になった。

南條蔵人は、娘温子を利用して、鷹矢を罠に掛けるべく、松波雅楽頭によって踊らされた。

その南條蔵人を引き受けるとなれば、それだけの理由が要る。さすがに禁裏付へ押し入った南條蔵人を二条家だからといって、引き渡せは通らなかった。

「検非違使に行かせるか」

ふと二条大納言が呟いた。

検非違使は京に都が置かれて二十年ほど経った弘仁の頃、洛中における治安の悪化を糺すべく設けられた役目であった。盗賊や無頼などを制圧するため、武力を持った者が任じられたことから武家の出世の一つとされた。

京の治安を維持できなかった刑部省、弾正台、京職などの権能を吸収、律令から外れ、検非違使庁独自の庁令を駆使するほど検非違使の力は強大なものとなったが、天下の実権が朝廷から幕府に移ると衰退し、足利将軍家が京に幕府を置いたことで職権を侍所に奪われ、形骸となっていた。

とはいえ、官名は残っており、任じられる者も当然いた。

「別当は誰じゃ」

二条大納言が松波雅楽頭へ訊いた。

別当とは検非違使の長のことだ。定員は一名、中納言、権中納言、左右の衛門督、左右の兵衛督にある者が兼任した。

「しばしお待ちを」

松波雅楽頭が一度二条大納言の前から下がった。

検非違使の別当など名前だけにもほどがある。いかに朝廷に通じている松波雅楽頭でもすぐには思い浮かばなかった。

「……お待たせを申しましてございまする。今の別当は勧修寺中山権中納言経逸さまが兼帯されておられます」

しばらくして松波雅楽頭が戻って来て、告げた。

「勧修寺か……名家やな」

二条大納言が呟いた。

名家は藤原北家の分かれで、摂家、大臣家、青華家の下、羽林家と同格、極官を大納言とする文官家の家柄になる。なかでも勧修寺家は名家三十家あるなかでも、とくにその血筋から十三名家の一つと数えられていた。

「勧修寺権中納言は、不惑近かったような気がする」

「さようで。寛延元年（一七四八）のお生まれですよって四十歳かと」

しっかりと松波雅楽頭は勧修寺経逸のことを調べてきていた。

「そうか、公家としてちょうどええころやな」

二条大納言が笑った。

「大納言への推戴を約束してもよろしいんでございますやろうか」

松波雅楽頭が確認した。

「権やで。権中納言やのに、いきなり三段跳びの大納言はちいとな」

小さく二条大納言が首を横に振った。権とは格と同じで、一段低い扱いのことだ。権中納言からの出世は、まず中納言になる。もちろん、二段階くらいの出世はままあることであり、名家は大納言まで上がれる家柄でもある。おかしくはないが、かといって三段跳びは目立たないわけではなかった。

「承知いたしました」

松波雅楽頭が受けた。

勧修寺家は家禄七百八石、屋敷は御唐門前にあった。

「御免やで」

松波雅楽頭が勧修寺家の門を叩いた。

「どなたはんや」

なかから面倒くさそうな応答が返って来た。

七百八石の公家の内証は、武家よりも厳しい。武士で七百石といえば、一万石ていどの小藩ならば家老相当、そうでなくとも中級武士になる。多少見栄を張った生活をしても、困窮するということはない。対して、公家はその家格、官位に応じただけの振る舞いをしなくてはならず、昇殿するときの衣装にも金がかかる。先祖伝来の衣冠束帯といったところで、汚れやほつれ、破れなどがあっては恥を掻く。そして、朝廷で恥を掻くというのは、己だけのものではなく、家としての問題になり、出世はおろか、婚姻などにも差し障る。

もちろん、七百石以下の家柄でも、音曲、詩歌、書道などの芸事を家業としているならば、そこから入ってくる免許料や、看板代などで裕福な日々を送れる。勧修寺家も儒学の家元として、それなりの付け届けを受けていた。

となれば、あくせく働かなくてもやっていける。

勧修寺家の門番ともいうべき小者にやる気がないのは、無理からぬことであった。

「松波雅楽頭や」

「へっ……」

名乗った松波雅楽頭に小者が唖然とした。

二条家の家宰とはいえ、松波雅楽頭は従五位の官位を持つ。従五位といえば、大名家がようやく任じられるものである。公家のなかではさほどではないとはいえ、一人で出歩き、直接訪(おと)ないを入れるほど、軽いものではなかった。

「お、お待ちを」

潜り戸の穴から外を覗いて確認するなど、できるはずもない。

「公家を頭(ず)を高くして覗き見るなど、論外である」

下手をすればそれを無礼だとして、難癖を付けかねないのだ。

すぐに勧修寺家の表門が開かれた。

「うむ。権中納言さまはおいでか」

「へい。今、お取り次ぎを」

小者が踵(かかと)で頭を蹴飛ばしそうな勢いで、屋敷のなかへと駆けていった。

「……内証はかなり裕福のようや」

玄関で待たされている松波雅楽頭が、屋敷の様子を見た。他の貧乏公家の屋敷のように、塀が崩れていたり屋根の萱が傷んでいたりしていなかった。

「お待たせをいたしました。どうぞ」

汗をたらした小者が戻って来て、平伏した。

「ああ」

松波雅楽頭が屋敷へとあがった。

「……不意の来訪やの」

客座敷に通された松波雅楽頭の前に、勧修寺経逸が現れた。

「申しわけもおまへんが、御所はんの御用で」

「二条さまの……」

松波雅楽頭の言葉に勧修寺経逸が目を大きくした。

「お伝えしてもよろしいか」

「ま、待て、待ってくれ」

用件を話そうとした松波雅楽頭を制して、勧修寺経逸があわてて下座へ移動した。

「伺わせていただく」

二条家への敬意を勧修寺経逸が見せた。

「……では」

さすがに上座へ動きはしなかったが、松波雅楽頭が少しだけ体を動かし、勧修寺経逸を正面から見るような位置に変えた。

「検非違使の別当として、京都所司代に罪人の引き取りに行ってもらいたいとのお沙汰である」

松波雅楽頭が厳かな口調で述べた。

「京都所司代の罪人を、検非違使が……南條蔵人のことやろか」

「さようでございますわ」

使者としての役を終えて二人の口調が変わった。

「…………」

少し勧修寺経逸が思案した。

「……なるほど。南條蔵人を使うたのは、二条さまやと」

「いけまへんなあ、権中納言さま。要らんことを口にしはったら」

思いあたった勧修寺経逸を松波雅楽頭が脅した。

「これは、申しわけない。このことは内緒で頼むわ」

勧修寺経逸が気まずそうな顔をした。

「もちろん、御所はんにお報(しら)せはいたしまへんけどな」

松波雅楽頭が次はないと睨んだ。

「わかってる。わかってる」

大きく勧修寺経逸が手を振った。

「引き取りに行くのはええけど、どこへ連れていくねん。まさか、二条はんのお屋敷はあかんやろ」

さっきの恐縮を消して、勧修寺経逸が訊いた。

「実家へ帰してやってもらえばよろし。竹矢来(たけやらい)を組んで、出入りを封じて放免(ほうめん)に見張らせたらよろしいがな」

「放免……そんなもん、いてへんで。罪人は全部幕府が捕まえてまうさかいな」

松波雅楽頭の意見に勧修寺経逸が首を左右に振った。

「そうかあ、検非違使は名前だけやった」

聞かされた松波雅楽頭がため息を吐いた。

放免とは、罪人として検非違使に捕まった者で、改心した連中のことで、御用聞き同様、手下（てか）として、探索、捕縛の任に就く者のことである。

「火長（かちょう）もおらへんしなあ」

勧修寺経逸が付け加えた。

火長とは衛門府から、検非違使へ出向している下級役人で幕府でいえば従目付のようなものであるが、これも幕府によって検非違使が骨抜きにされた今、いなくなっていた。

「赤狩衣（あかかりぎぬ）はおりますやろ」

松波雅楽頭が確認した。

「それはいてるけど、なんぞやらんと動けへんで」

赤狩衣は検非違使配下の獄卒（ごくそつ）というべき役目であった。看獄長（かどのおさ）と称し、赤狩衣、白衣に白杖という目立つ姿をしていた。

「……権大納言への推戴を御所はんは、言うてはる」

「ほんまにか」

声を潜めた松波雅楽頭に、勧修寺経逸が身を乗り出した。裕福とはいえ、御所での出世は金だけでは難しい。有力者の引きがなければ、それこそ極官に届かず出世が止まってしまうときもある。

極官に届かないというのは、公家にとって恥ずかしいことであった。

「ほんまですわ。これを片付けたらやけど」

「むうう。見張りの赤狩衣への褒美は麿の持ち出しかいな」

勧修寺経逸が唸った。

「そう、長いことやおまへんで」

松波雅楽頭が短く告げた。

「……それはっ」

勧修寺経逸が顔色を変えた。

「どないですやろ」

「大納言では……」

「それはちいと厚かましいんと違いますやろうか。目立つといろいろややこしいことがでまっせ」

褒賞のつり上げを求めた勧修寺経逸に松波雅楽頭が二条大納言の言葉を借りて警告した。

「……わかった」

五摂家の力は公家ほどよく知っている。勧修寺経逸が引いた。

第二章 策の応酬

一

京都所司代戸田因幡守忠寛のもとに、先触れが来た。

「権中納言勧修寺経逸さまがお出でになるだと。いったい、なんの用でだ」

用人から報告を受けた戸田因幡守が怪訝な顔をした。

京都所司代は朝廷の監視もその任になる。職責の都合上、五摂家や青華家などそれなりの地位にある公家たちと面識はあるが、勧修寺経逸との接点はなかった。

「わかりませぬ」

用人が首を横に振った。

「面妖だが、いたしかたないの」

戸田因幡守が嫌そうな顔でうなずいた。

権中納言は従三位、幕府でいえば御三家の水戸家当主が任官する高位になる。京都所司代とはいえ、無下に扱うわけにはいかなかった。

「いつ来ると」

「本日、昼八つ（午後二時ごろ）過ぎと」

問うた戸田因幡守に用人が答えた。

「昼餉を集られぬだけ、ましじゃな。少しは仕事もできる」

戸田因幡守が苦笑した。

京都所司代は設立当初こそ、重要な役職であったが、ときが経つにつれて権限が縮小された。西国諸大名の監察も大坂城代にその実を奪われ、山城を含む京都周辺諸国の政は、京都町奉行と京都代官に委譲されている。これは京都所司代を老中になるための準備期間として、専念させるためだとされているが、実際その職にあると、干されているのではないかと疑ってしまう。

とはいえ、まったくなにもしなくていいというわけではなく、細かいことや西国に派遣された遠国役たちの調整など、仕事はある。

朝から押しかけて、こちらの用事など省みず、遠回しな言いかたで用件をわかるようなわからないような状況にして時間を稼ぎ、昼餉をしっかり集っていくという、いつもの公家と違っているのは助かる。

「……勧修寺権中納言さま、お見えでございまする」

昼餉をすませてしばらく、戸田因幡守は書付から引き離された。

「悪いでおじゃるな」

用人に案内されて客間へ入ってきた勧修寺経逸が、躊躇なく上座へ腰を下ろしつつ、口だけで詫びを言った。

「いえ、ようこそお出でくださりました」

戸田因幡守が手を突いて、勧修寺経逸を迎えた。

「壮健そうでなによりじゃ。因幡守の国元は河内であったかの」

「はい。先年、上様より河内と摂津を拝領いたしましてございまする」

「摂津といえば、酒造り。河内といえば、綿作りで有名じゃ」

「おかげさまで、よいところでございまする」

勧修寺経逸が始めた世間話に戸田因幡守が応じた。

「……さてと」

少しして、勧修寺経逸が出された茶を口に含んだ。

「本日、ここに参ったのは、権中納言としてではなく、検非違使別当としてじゃ」

茶碗を置いた勧修寺経逸が、用件に入った。

「検非違使別当として……」

戸田因幡守が勧修寺経逸の口から出た予想外の言葉に驚いた。

「京洛の治安を担当するのが検非違使の任だというのは、因幡守も知っておろう」

「それは鎌倉に幕府ができる前のお話だと存じておりますが」

勧修寺経逸の言いぶんをすばやく立ち直った戸田因幡守がいなした。

「実質がどうかは、この際問題やない。名分のことを言うてる」

「京都町奉行所の役目を侵されるおつもりか」

戸田因幡守が剣呑な声を出した。

「あんな面倒な役目は要らん、しとうもない。麿が言いたいのは、公家の罪人を幕府が捕らえているというのはいかがなもんやと」

「公家の罪人……南條蔵人」

戸田因幡守が思いあたった。

「南條蔵人は、禁裏付の屋敷に押し入った咎で捕らえたもの。京都所司代が捕縛、拘留いたしても問題はないかと」

「わかってへんなあ。表向きの話をしてるんと違う。検非違使の面目の話や」

「検非違使の面目と言われましても」

勧修寺経逸の言いぶんに、戸田因幡守が困惑した。

「主上に南條蔵人のことが聞こえたら、どうするんや」

「……主上に」

戸田因幡守が絶句した。

天皇は雑事にかかわらないとされている。

政ではない祭りごとを担当するのが天皇であり、基本、幕府のやることに口出しはしないのが慣例になっている。

しかし、朝廷に仕える公家たちは、天皇の家臣である。禁中並公家諸法度という徳川家康が定めた決まりによって、朝廷も縛られてはいるが、これはいびつに過ぎた。

なにせ征夷大将軍は、天皇が武家のなかから選んで任じるものであり、その将軍が立てた幕府の法度が天皇まで縛るというのは理に合わない。細かく、厳しく、追及すれば、禁中並公家諸法度の根本にある穴が露呈し、今後幕府は朝廷への介入を控えなければならなくなる。

幕府としては、禁中並公家諸法度を守るためには、朝廷の、天皇の協力が要る。

「公家に縄打つなど、今上さまに縄をかけるも同然」

そう難癖を付けられれば、禁中並公家諸法度なんぞ、消し飛んでしまう。

「ここは麿の顔を立ててはくれまいか」

勧修寺経逸が求めた。

「…………」

とってつけたような理屈である。戸田因幡守が考えこんだ。

別段、ここで勧修寺経逸の求めを蹴飛ばしたところでどうということがあるわけではなかった。

そもそも禁中並公家諸法度は幕府が定めたもので、今更光格天皇が機嫌を悪くしたところで揺るぎもしない。それどころか、下手にちょっかいを出すと、寝た子を起こした形になり幕府による禁中への手出しを誘発しかねなかった。

昨今はおとなしいというか、朝廷が幕府を怒らせていないというか、天皇の継承に、幕府が介入してはいないが、過去にはあった。

「ふさわしからず」

それこそ、幕府によって光格天皇は無理矢理、上皇にされて、誰かつごうのいい血筋の者を次の天皇に据えかねない。

もちろん、そんなことをすれば、朝廷と幕府の仲は冷え切り、いろいろと面倒が発生する。

第一、そこまでいけば、まず戸田因幡守は無事ではすまなくなる。

だからといって、勧修寺経逸の求めに易々（やすやす）と乗ってしまうのも問題であった。

なにせ戸田因幡守は、老中首座松平越中守定信の怨敵（おんてき）であった田沼主殿頭意次（たぬまとのものかみおきつぐ）の腹心なのだ。

江戸から遠い京に在していたお陰で、粛清されなかっただけなのだ。今でも、なにかあれば更迭してやろうと、松平定信は虎視眈々と戸田因幡守の失策を待っている。

事実、禁裏付の鷹矢はもとより、京都東町奉行池田丹後守は、松平定信の肝煎りで、京へ来ている。

下手をすれば、即座に江戸へ知らせが入り、一カ月もしないうちに、戸田因幡守は江戸へ召喚されてしまう。

「いかがかの、因幡守。麿の顔を立ててくれぬか」

黙っている戸田因幡守を勧修寺経逸が急かした。

「ふうむ」

戸田因幡守が計算した。

「権中納言さま」

「なにかの」

声をかけられた勧修寺経逸が首をかしげた。

「南條蔵人をお返ししたとして、どうなさるおつもりか、お伺いいたしたし」

「それはの」

当然の問いに勧修寺経逸が応えた。

「とりあえずは、屋敷にて蟄居をさせ、なぜそのようなまねに及んだかを問いただし、罪を明らかにいたす」

「禁裏付の屋敷に押し入った理由ならば……」

答えた勧修寺経逸に戸田因幡守がわかっている事情を話そうとした。

「……」

勧修寺経逸が口の端をゆがめた。

「なるほど。ご存じだと」

「さて、どうかの。武家の調べと公家の問いは違うでの」

「こういった場合、朝廷ではどのような咎を与えなさる」

角度を変えた質問を戸田因幡守がした。

「咎めか……さて、朝廷に何代、何百年にわたって仕えた公家が咎めを受けるというのは、主上さまの宸襟（しんきん）をお悩まし申しあげるでの」

「……なるほど。主上さまにお辛い思いをしていただくわけには参りませぬな」

わざとらしく首を左右に振って見せた勧修寺経逸を見て、戸田因幡守が納得した。

「お渡しいたしましょう」

「そうしてくれるか」

うなずいた戸田因幡守に勧修寺経逸が満足げに笑った。

「しばし、お待ちを」

「うむ」

手配すると言った戸田因幡守に、勧修寺経逸が首肯した。

「……待つ間に一つ、麿からも訊いてよいかの」

勧修寺経逸が戸田因幡守を見た。

「なんなりと」

戸田因幡守が質問を促した。

「もし、このまま南條蔵人を京都所司代が扱った場合やな、どういう結末になるんや」

「……さようでございますなあ。まずは、南條蔵人がまちがいなく公家であるかどうかの問い合わせを朝廷へおこない、そのご返事次第で変わりまする」

「ほう、朝廷の答え次第で。ほな、南條蔵人なんぞおらんという答えやとどうなる」

「地下人（じげにん）として、町奉行所へ移し、そこで調べを受け直しまするが……禁裏付という御上役人への無礼でございますが、誰も傷を付けたわけではございませんので、死罪までいかず、おそらく流罪相当というところでしょう」

「島流しかいな。で、南條蔵人が公家やと認めたら……」

「認められますかな」

今度は戸田因幡守が小さく笑った。

「そうやな。ないわの。公家は天下の模範ゆえな」

勧修寺経逸がうなずいた。

「……畏れ入りまする。南條蔵人を駕籠へ押しこめましてございまする」

用人がそこで声をかけた。

「用意ができたようでございまする」

戸田因幡守が勧修寺経逸へ告げた。

「手間かけさせたな」

勧修寺経逸が腰をあげた。

二

罪人を乗せた駕籠というのは、逃げ出せないように網を掛ける。

「網駕籠や」

「咎人かいな」

一目でそれとわかるだけに、口さがない京雀が興味を見せるのは当然であった。

「京都所司代から出てきたで」

「どこへ運ばれるんやろ」

たちまち勧修寺経逸の一行は、野次馬を引き連れる羽目になった。

「散らしまひょうか」

赤狩衣の一人が、野次馬をうっとうしそうな目で見た。

「かまわんでええわ」

勧修寺経逸が手を振った。

「へい」

ほうっておけと言われた赤狩衣が引き下がった。

「お指図がなかった。これも考えのうちなんやろう、二条はんの」

一人になった勧修寺経逸が呟いた。

「それこそ、南條蔵人なんぞどうでもよかったはずや。因幡守も言うてたやないか。問い合わせが朝廷に来るって。そのとき、知らぬ存ぜぬで通せば、地下人扱いになって、島流しにしてくれると。だが、それでは二条はんはご不満やろうなあ」

勧修寺経逸が独りごちた。

「このあたりを突けば、もうちょっとええ思いもでけそうやけど……」

ちらと勧修寺経逸が後ろに続いている網駕籠を見た。

「止めとこ。欲をかきすぎたら、あかんわ。二条はんの味方をするちゅうことは、近衛はんを始めとする残り四摂家を敵に回すちゅうこっちゃ。くわばら、くわばら」

勧修寺経逸が身をすくめた。

南條蔵人の移送は、まず枡屋茂右衛門の知るところとなった。

「聞きましたかいな。今日、珍しいもんが見られたそうでっせ」

錦市場の肝煎りとして、会所に顔を出した枡屋茂右衛門に、他の店の主が話しかけてきたのだ。

「……網駕籠が、所司代はんから出て、公家屋敷へ入ったと」

枡屋茂右衛門が驚いた。

「それは……ちと御免やす」

すぐにそれが南條蔵人だと気づいた枡屋茂右衛門が、会所を出て、百万遍の役屋敷へと急いだ。

「お出でやす」

勝手口から入ってきた枡屋茂右衛門を南條温子が迎えた。

「姫はん、ちょっとええか」

枡屋茂右衛門が温子を見た。

「どないしはりましたん」

温子が首をかしげた。

「今日、お父上はんが京都所司代からお屋敷へ帰らはったようですけど、なんぞご存じですかいな」

「えっ。それはほんまのことで」

枡屋茂右衛門の言葉に、温子が驚愕した。

「やはりご存じやおまへんか。となると典膳正はんも」

「なにもお言いやへんでしたので、ご存じないかと」

難しい顔をした枡屋茂右衛門に温子が述べた。

「お帰りは、まだでんな」

「そろそろのはず。布施さまがお迎えに出てはりますよって」

確認した枡屋茂右衛門に温子が答えた。

父である南條蔵人が罪を得て以来、温子はあまり表に出ないようにしている。どこで知り合いに見られるかわからないからだ。

「南條はんの娘はんが、禁裏付に」

禁裏付屋敷へ侵入した廉(かど)で、南條蔵人が捕まったことは、洛中の公家ならば全員知っているといえる。

「吾(わ)が身を差し出して、父の宥免(ゆうめん)を願ったんやな」

そう捉えてくれたらまだいい。

「やはり娘を取り返しに押し入ったんやな。一度売った娘を取り戻そうなんぞ、褒められた所業やないで。南條も落ちたなあ」

家名に泥を塗るような噂にもなりかねなかった。

「娘を奪っておいて、取り返しに来た親を罪に落とす。禁裏付の東城典膳正というのはなんちゅう悪辣（あくらつ）なやつや」

最悪は、鷹矢の評判が崩れるところまで行く。

それだけはなんとしても避けなければならないと、温子は裏方に徹するようになった。

「お迎えに出ても」

「どうぞ」

帰ってすぐに鷹矢と話をしたいと求めた枡屋茂右衛門を、温子は認めた。

「お帰りいい」

枡屋茂右衛門が玄関に向かったところで、鷹矢の帰宅を報せる先触れの声が聞こえてきた。

「ちょうどやな」

「これは枡屋どの」

屋敷内から出てきた枡屋茂右衛門に、弓江が小さく驚いた。

「すんまへんな。典膳正はんに急ぎお報せせなあかんことがおまして」

無礼を枡屋茂右衛門が詫びた。

「さようでございますか。お控えを」

弓江は武家の娘で、鷹矢のもとに来てかなり変わったとはいえ、その性格は堅い。

枡屋茂右衛門に、いきなり話しかけることを許さず、出迎えを待てと指図した。

「はい」

枡屋茂右衛門も逆らわず、弓江の後ろで膝を突いた。

「お帰りなさいませ」

玄関式台に駕籠が降ろされ、扉が引き開けられたところで弓江が、頭を深々と下げた。

「今、戻った。変わりはないか」

いつもの言葉を口にしながら、鷹矢が駕籠から出てきた。

「枡屋茂右衛門がお目通りをと参っておりまする」

弓江が呼び捨てにするのも身分の差である。

「おう、なかで話を聞こう」

鷹矢が行列の供たちがいるところから、離れようと枡屋茂右衛門を促した。

「畏れ入りまする」

枡屋茂右衛門が一礼して、後に従った。

禁裏付の役屋敷は、鷹矢の住居と役所としての機能を持つ。公家を相手にする役目であることから、客間はいくつかあり、それぞれに格式があった。

「ここは……」

もっとも格式のある、五摂家や青華家などの名門公家からの使者を迎える最上級の客間に入った鷹矢に、枡屋茂右衛門が戸惑った。

「どうせ、誰も近づきはせぬ」

鷹矢は公家の間で容赦がないと評判になっている。手心を加えてもらおうと考える者もいないのか、誰も尋ねては来ず、客間はほとんど使われてはいなかった。

「眼福（がんぷく）させていただきまする」

枡屋茂右衛門が、おずおずと客間へ足を踏み入れた。

「茶を……」

「あとでよろしゅうございます」

弓江に言いかけた鷹矢を、枡屋茂右衛門が制した。

「そこまでのことか。わかった」

鷹矢が目で弓江を下がらせた。

「無理を申しました」

枡屋茂右衛門が詫びて、すぐに用件を告げた。

「……南條蔵人が京都所司代屋敷から、連れ出されたと」

「確かめたわけではございませぬが、京都所司代さまから網駕籠が出て、その警固に赤狩衣が付いていたのはまちがいないかと」

「赤狩衣は検非違使の配下であったな」

「はい」

確認した鷹矢に、枡屋茂右衛門が首肯した。

「確かめてこよう」

鷹矢が京都所司代へ行くと腰をあげた。

「よろしゅうございますので」

枡屋茂右衛門が危惧をした。京都所司代は禁裏付の上役にあたる。そこへ不意に訪れて、南條蔵人の話を訊くとなれば、詰問に近くなる。

「捕まえたのは、拙者だ。そして、吾(われ)は公家を監察する禁裏付なり」

鷹矢が肚を据えていると応じた。

檜川を供にして、鷹矢は京都所司代へと歩を進めた。

百万遍から二条城の隣にある京都所司代は近い。武士の足ならば、小半刻（約三十分）もかからなかった。

「戸田因幡守どのにお目にかかりたい」

「お待ちあれ」

最初から強行するつもりの鷹矢の雰囲気に、取次の役人が顔色を変えて、戸田因幡守のもとへ報せにいった。

「……やはり来たか」

戸田因幡守が嫌そうな顔をした。

「いかがいたしましょうや。あらためて参るようにとお断りをいたしましょうか」

取次の役人が問うた。

「……ふうむ。いや、会おう。ここで断っても、また来るだけだ。面倒は一度で片付けたい」

「わかりましてございまする」

承諾した取次の役人が、鷹矢を連れにいった。

「さて、どうごまかすかだな。うかつなことを口にしては、江戸へ報される」

一人になった戸田因幡守が腕を組んだ。

「禁裏付東城典膳正さまをご案内申しあげました」

「入れ」

取次の役人の案内で鷹矢が戸田因幡守の前に姿を現した。

「ご多用のところ、かたじけない」

腰を下ろした鷹矢が一礼した。

「忙しいゆえ、手短にな。南條蔵人のことであろうが」

戸田因幡守が先手を打った。

「検非違使に引き渡されたと聞き及びまする。なぜに」

鷹矢が問うた。

「求められたからじゃ」

「……それは通りますまい。南條蔵人が押し入ったのは禁裏付役屋敷、捕まえたのは拙者でござる」

「知っている」

鷹矢の抗議を戸田因幡守があっさりと流した。

「検非違使別当勧修寺さまの話に、理があると判断したゆえのことじゃ。これは京都所司代としての決断である」

上位役職としての決定に口を挟むなと、戸田因幡守が鷹矢を制圧しようとした。

「前回、南條蔵人の身柄を要求されたときも、そう仰せでございましたな。なるほど、京のことはすべて因幡守さまがなさる。禁裏付は口出しをするなと」

「…………」

気配の変わった鷹矢に、戸田因幡守が戸惑った。

「せめて、引き渡される前にお報せをいただきたかったとは思いまするが、左様ならばいたしかたなし。お邪魔をいたしましてござる。これにて御免」

すんなり鷹矢が立ちあがった。

「ま、待て」

戸田因幡守が鷹矢を止めた。

「よいのか、それで」

「京都所司代さまの決定とあれば、いたしかたありませぬな。禁裏付は、京において京都所司代の指図を受けるのが決まり」

思わず問うた戸田因幡守に、鷹矢が答えた。

「……そなた、なにを考えている」

今まで散々、逆らってきた鷹矢の変節とも言うべき態度に、戸田因幡守が不審を持ったのも当然であった。

「進退伺いを出そうかと」

「なんだとっ」

役目を辞するかも知れないと言った鷹矢に、戸田因幡守が驚愕した。

旗本は本禄だけでは生活が厳しい。そのため、誰も彼もがなんとかして役目にありつき、役料をもらおうとする。さらに運がよければ、役目を果たしたことで加増を受けることもできた。旗本の数に比して、はるかに少ない役目は、こういった思惑の者たちで奪い合いになっている。当然、辞任した場合は役目を果たしきれなかったとして、評価に傷が付き、まず次はなくなる。

鷹矢は、旗本として出世をあきらめると言ったに等しい。

戸田因幡守が驚くのも当然であった。

「わたくしでは禁裏付を務めかねますゆえ、辞して適任の者をあらためて派遣していただく所存でござる。では」

「ま、待てと」

鷹矢をもう一度止めようとした戸田因幡守を無視して、鷹矢は立ち去った。

「殿」

「戻るぞ」

玄関脇の供待ちで控えていた檜川を連れて、鷹矢が京都所司代屋敷を出た。

「お待ちくださいませ」

すぐに先ほどの取次の役人が追ってきた。

「なにかの」

「因幡守さまが、お戻りあれと」

足を止めた鷹矢に、取次の役人が告げた。

「お断りいたそう。御多用の因幡守さまのお手をわずらわせても互いに益のないこと。ときの無駄である。そう、拙者が申していたとお伝えあれ」

「あっ、それは」

鷹矢が歩き出したのを取次の役人が追おうとした。

「………………」

その前に檜川が立ち塞（ふさ）がった。

「……ひっ」

檜川の殺気に取次の役人が竦（すく）んだ。

「もうよい」

鷹矢が檜川を呼んだ。

「伝言、忘れるな」

取次の役人に、鷹矢が念を押した。

三

禁裏付役屋敷へ戻った鷹矢は、玄関で待っていた弓江に枡屋茂右衛門の居場所を訊いた。

「枡屋どのはどこだ」

「奥で絵を」

いつのまにか、枡屋茂右衛門は奥の間で襖絵制作に取りかかっていた。

「ふむ」

枡屋茂右衛門は一度絵に没頭すると、多少のことでは反応しなくなる。

「少し待つか」

鷹矢は疲れを感じた。

「お茶をお持ちしましょう」

「頼む」

弓江の気遣いに、鷹矢が安堵した。

「…………」

ゆっくりと茶を喫し、少し気を緩めていたところに、土岐が顔を出した。

「失礼しまっさ」

「土岐か。どうやら耳にしたようだな」

書院に入ってきた土岐に、鷹矢が言った。

「へえ。赤狩衣が出たそうで」

土岐がうなずいた。

「まったく、ずいぶんと古いものを出してきよりましたな」

苦笑しながら土岐が腰を下ろした。

「どうぞ」

弓江が土岐にも茶を供した。

「おおきに。よう気のつく女(おなご)はんや。ええ、嫁はんになりまっせ、典膳正はん」

「…………」

弓江を褒める土岐に、鷹矢が黙った。

「ひょっとして、まだでっか」

土岐があきれるような目で鷹矢を見た。

「なにが、まだなのだ」

「そんなもん、言わんでもわかりますやろ。男と女が閨（ねや）ですることってすがな」

咎めるような鷹矢に、土岐が下卑た笑いを浮かべた。

「………」

顔を真っ赤にして弓江が書院を出ていった。

「もう少し、穏便な方法を執（と）ってくれ」

土岐が他人払いをしたと鷹矢は気づいていた。

「ああでも言わんと、あの娘はんはあきまへんで」

土岐が笑いを消した。

「あの目つき……典膳正はんに仇なすようなやつには、なにをしでかすか」

「……むう」

「無理おまへんけどな。命を救われただけやなくて、あんな女として耐えられへん恥ずかしい姿を見られた。いや、厭わないで抱きあげて連れて帰ってくれた。そりゃあ、他の男なんぞ、目に入りまへんわ」

うなった鷹矢に土岐が述べた。

「うかつなことは言いなはんなや」

「気をつけよう」

土岐の忠告に鷹矢が首肯した。

「さて、あんまりときはおまへん。頬の赤味が抜けたら戻ってきはる」

「どういう事情か、わかっているのか」

話を本筋に戻した土岐に、鷹矢が問うた。

「あいにく、詳細はまったくですわ。ただ、赤狩衣が動いた珍しさで、禁中はこの話でもちきりですわ」

「検非違使の別当は勧修寺と聞いたが」

「さようで。勧修寺権中納言」

確かめた鷹矢に、土岐が首を縦に振った。

「どういった公家だ」

「まあ、普通よりましですわ。金がありますよってな」

尋ねた鷹矢に土岐が説明した。

「なるほどな、儒学の家元か。禄も七百八石とは多いな。吾よりも多い」

「そういえば存じまへんでしたが、典膳正はんはどれくらいもろうてはりますねん」

土岐が質問した。

「六百石だな。今は禁裏付ということで、四百俵の高増しを受けている」

鷹矢が告げた。

「多いんでっか」

「旗本ではちょうどなかほどだろう。さすがに千石をこえると高禄扱いをしてもらえるがな」

鷹矢が応えた。

「六百石でございますか。ですと、わたくしの実家(さと)とほぼ同じ。実家は五百石でございまする」

茶の入れ替えを持ってきた弓江が加わった。

「安藤対馬守(あんどうつしまのかみ)さまのご家中では、かなりの家柄だな」

「はい。父は留守居役をいたしております」

弓江が少し自慢げな顔をした。

若年寄安藤対馬守信成は磐城平藩五万石の大名である。五万石で五百石といえば、かなりの上士になった。

「五百石でっか。公家やったら三位以上でっせ」

　土岐も感心した。

「その勧修寺権中納言どのが、なぜ今ごろ……。戸田因幡守どのを問いつめたが、京都所司代の判断だと言われたわ。朝廷はいかがか」

「明日少し調べてみますわ。とりあえず、今日はお報せに来ただけですし」

　首をかしげた鷹矢に土岐が言った。

「夕餉を食べていくだろう」

「馳走になりま」

　鷹矢の言葉に土岐がにやりと笑った。

「すまぬな。二人追加で用意をしてくれ」

「承知いたしました。南條さまに伝えて参りまする」

　弓江が夕餉の準備に立っていった。

「ええとこの娘はんでしたんな」

「若年寄さまのご家中だ。旗本の妻としても不釣り合いではないな」

　感心した土岐に、鷹矢が苦笑した。

「畏……いや、首に紐ですなあ」

　土岐が鷹矢を見た。

「南條の姫さんといい、典膳正はんもたいへんでんなあ」

「しみじみ言うな」

　鷹矢が土岐を窘めた。

「ところで、勧修寺権中納言は、二条家と懇意なのか」

　声を潜めながら鷹矢が問うた。

「知らん仲やないちゅうところやないかと。五摂家はんは、格が違いますよってな」

「二条さまは大納言、権中納言ならば近いと思ったのだが」

　首をかしげた土岐に、鷹矢が疑問をぶつけた。

「五摂家の大納言は、そこから登っていく第一段め。勧修寺はんの権中納言は、最上段ではおまへんけど、そこで終わってもおかしくないし、上がってもあと三段」

「頂上が違うと」

「そういうこってすわ。わたいは見たことおまへんけど、富士のお山と生駒山ほどの差がおます」

土岐が説明した。

「なるほどな。同じ奏者番でも一万石で老中などを出したことのない小大名と、五万石で親も老中だったという譜代大名の違いみたいなものだな」

武家らしい納得の仕方を鷹矢がした。

「で、どないしはりますねん」

「なぜ、あのようなまねをしたと思う」

繰り返された土岐の質問に、鷹矢が問いかけで返した。

「問いに問いを返しなはんな」

土岐が苦い顔をした。

「目的がわからねば、どうしようもあるまい。偶然に打った手が当たるというような運に頼れる状況ではなくなっていると思うのだが」

鷹矢が土岐へ言い返した。

「運でっか。運に頼るのは、阿呆ですけど、運がないのは、不幸でっせ」

土岐が苦笑した。

「運がないのは不幸……」

「おまへんなあ、典膳正はんには」

繰り返した鷹矢に土岐が告げた。

「殺されかかるわ、女は攫われるわ。何度命を賭けはったか、わかりまへんやろ」

「………」

「なあ、典膳正はん」

黙った鷹矢に土岐が声をかけた。

「お神籤っちゅうのをご存じでっか」

「知っている。吉凶を神託によって選んでいただく卜だろう」

「しはったことは」

鷹矢が答えた。

「ないな」

確かめた土岐に鷹矢が首を横に振った。

「お武家はんはそういうものに頼らはりませんと」

「違う。武家は迷信深いものだ。験を担ぐともいう。戦の吉凶を占うときにおこなう。それだけに迂闊にするものではないのだ」

土岐の推測を鷹矢は否定した。

「なるほど、そういうことで」

「お神籤に、なんの関係があると」

首肯した土岐に、鷹矢が怪訝な顔をした。

「最近のお神籤がどんなんかご存じでは」

「したこともないのに、知っているはずはなし」

鷹矢が述べた。

「そうですなあ。最近のお神籤は紙に吉凶がかかれてましてなあ、心に神意を伺いたいことを思いながら、引きますすねん」

「失せ物がでるかとか、縁談叶うかどうか……とかか」

「左様ですねん。で、まあ、昔は吉凶だけやったんですけどなあ、最近、大吉と大凶が増えましてん。二種類だけやったら、お神籤に頼る気にならへんのでしょうなあ」

「四種類になったというわけだ」

先を鷹矢が促した。

「大吉をどう思わはります」

「めでたいかぎりではないか」

「たしかに、今はめでたいですやろうが、それ以上はおまへんねんで。つまり、後は下るだけ」

「随分と縁起の悪い解釈の仕方だな」

鷹矢があきれた。

「大吉にこういった考えをするようになったんは、大凶を助けるためですわ」

「大凶を助ける……大吉が下るだけならば、大凶はこれ以上ないほど悪いのだから……あとはよくなるだけだと」

「…………」

読み取った鷹矢に、土岐が無言で肯定を示した。

「まあ、慰めですけどな」

「……すまぬ」

土岐の気遣いに、鷹矢が感謝した。

「さて、話を戻しまひょう。今になって検非違使別当が、南條蔵人を京都所司代から連れ去った理由ですけどな」

「ああ」

「これは、わたいの考えで正しいと言えまへんけど、南條蔵人はんは死にまっせ」

「……っ」

土岐の言葉に、鷹矢が息を呑んだ。

「否定しはれへんということは、典膳正はんもそうやないかと思ってはったんですな」

「…………」

「無言は肯定でっせ」

ため息を吐きながら、土岐が鷹矢を見た。

「行かはるつもりですなあ」

土岐がため息を吐いた。

「まったく、大凶のお神籤を何枚まとめて引いたんやろ。それとも女難の相ですかいな」

「温子どのの父には違いないだろう」

「もう、縁切ったと言うてはりましたで。南條蔵人はんが捕まったときに」

思い出せと土岐が鷹矢に言った。

「たしかに言っていた。だが、それでも父が死んだと聞いては、いい気持ちのものではあるまい。なにもしなかったとか見捨てたとか、生涯の引け目になるかも知れぬ」

「……あかんわ」

お手上げだと土岐が天井を見上げた。

「止めるな」

「……止めますわ」

低い声を出した鷹矢に、土岐が反した。

「放っておけと言うのか」

「そう言いたいところですけどな、典膳正はんはそうかというて引きはりませんやろ」

「当たり前だ」

鷹矢が力強く首を縦に振った。

「それでも止めるか」

「今日は」

「……今日は」

限定した土岐に、鷹矢が戸惑った。

「ああ、明日もまだあきまへん」

「なにを言っている。拙者をごまかそうというのではなかろうな」

鷹矢が土岐を睨んだ。

「ごまかされてくれたら、一ちゃん楽やねんけどなあ。そう思わはりますやろ、枡屋はん」

土岐が後ろの閉じられた襖へ話しかけた。

「…………」

不満そうな顔で二人の会話に聞き耳を立てた枡屋茂右衛門が、襖を開けて入ってきた。

「典膳正はんに博打させるわけにはいきまへんのでな。そうですやろ」

土岐が、少し横に寄って、枡屋茂右衛門の席を作った。

「言うとおりだが、その他人を舐めたような口の利きかた、東城さまに無礼やろうが」

枡屋茂右衛門が土岐を怒鳴った。

「こうやってふざけてへんと、主上さまのお相手なんぞしてられへんわ」

土岐が表情を消した。

「理不尽がまかり通る世や。この国の主、主上さまが、何一つでけへんなんぞ、おかしいやろうが。朝議というても、ご発言はなされぬし、誰も求めへん。主上さまが閑院宮家から入られたとき、なんと仰せられたと思う。朕はかかしか。いや、かかしならば田の雀を追えるだけ、朕よりは役に立つ。そう仰せられたんや」

「それは……」

「畏れ多い」

鷹矢と枡屋茂右衛門も憤った。

「そうやって、なんもさせへん癖に、吾が娘を押しつけては、やれ通え、子を産ませろや。主上さまをなんやと思うてるねん」

土岐の怒りはまさに怒髪天を衝くといった有様であった。

「主上のお気に染まぬ相手を押しつけるならまだしも、お気に召しておられるならば、そこまで言うほどでもなかろう。跡継ぎは要るぞ。跡継ぎがなければ、どこから持ってくるかでかならずもめる」

武家の当主が側室を設けるのも、そのためである。吾が血を引く子供がいれば、長幼だけの問題ですむが、でなければ血の濃さ、実家の勢い、一門への根回しなどが問題として出てくる。一つでも条件が増えれば、それだけ面倒が倍加する。それが家督相続というものであった。

「…………」

独り身で継がせるほどの家を持たない土岐が黙った。

「先日、ご拝顔の謁を賜ったときに、畏れ多くも感じたが、主上は英邁なお方であろう」

「……さいですわ。主上さまはまことに名君」

鷹矢の賞賛に、土岐が吾が意を得たりと同意した。

「ならば、そのあたりのことをお考えであろう」

「そうでんなあ」

土岐が納得した。

「では……」

「そやから、待ちなはれと言うてますやろ」

話は終わったと離席しかけた鷹矢を、土岐がまたも止めた。

「遅れれば、温子どのの父が……」

「落ち着きなはれ。今日明日は大丈夫ですで」

焦る鷹矢を土岐が宥めた。

「なぜそう言える」

「引き取ってきて、すぐに死なせてみなはれ、さすがにただではすみまへんで」

土岐が苦笑した。

「後ろにいてはるお方は、今すぐにでも片付けたいでしょうがなあ。それをさせたら、勧修寺はんが、責められます。京都所司代も黙ってまへん」

枡屋茂右衛門も土岐と同じ意見であった。

「なにより」

土岐が鷹矢を見た。

「それを朝廷目付はんが見逃しはりますか」

「なるほど、公家による人殺しの疑いがあれば、禁裏付が取り調べて当然であるな」

鷹矢が理解した。

「ということで、飯食わせておくなはれ。ちいと覗きに行てきますよって」

腹が空いたと土岐が訴えた。

「わかった」

鷹矢が手を打った。

四

夕餉の用意はすでにできていた。

「どうぞ」

弓江が給仕のために控えるなか、三人は膳を突き始めた。

「……そういえば、先日、妙な男に後を付けられましたで」

「妙な男……」

食事中にもかかわらず、土岐が話題を出し、鷹矢が反応した。

「枡屋はんと別れた後……」

土岐が語った。

「……それは」

鷹矢が思いあたった。

「ご存じのようでんな」

表情の変化に土岐が気づいた。

「おそらくだが、江戸の松平越中守さまが寄こしてくれた者だと思う」

「越中守さまが……」

「ほおお」

鷹矢の話に枡屋茂右衛門が感心し、土岐がうさんくさそうな顔をした。

「いつからでっか。典膳正はんが京へお出でになってからずっとですかいな」

「すぐではなかったが、割に早くからだ」

確認するような土岐に、鷹矢が答えた。

「ふうん」

土岐が鼻で笑った。

「役立たず……いや、敵やな」

「おい」

口にした土岐に鷹矢が怒った。

「ほう、一度くらいは助けられましたな」

土岐が口の端を吊り上げた。

「そうだ。まだ、拙者が禁裏付になる前、巡検使をしていたときにな」

鷹矢がうなずいた。

「なるほどなあ。ちいと黒うなったけど、まだまだ典膳正はんは甘いわ」

「たしかに」

土岐の言葉に枡屋茂右衛門が首を縦に振った。

「なんのことだ」

鷹矢が疑問を呈した。

「なあ、典膳正はん。その御仁、二人いはるらしいけど、味方ならなんで、この間お手伝いに来はりまへんねん」

「いなかったのではないか」

鷹矢が知らなかったのではないかと推測した。

「三井寺の帰りには間に合うたのに」

土岐が皮肉な笑いを浮かべた。

少し前、風流を解さない武家を公家は相手にしないと言われた鷹矢は、土岐と枡屋茂右衛門を供に連れて琵琶八景の見物に出かけた。その帰り、罠を張っていた連中に襲われ、危なくなったところへ、霜月織部が陰から手助けをしてくれ、なんとか危機を脱せられた。

「そういうこともあるだろう」

鷹矢が土岐の疑惑を否定した。

「お人好しというより……」

「それ以上は、あかんぞ」

あきれた土岐に枡屋茂右衛門が釘を刺した。

「へい、へい。まあ、この話はここまでにしまひょ。そろそろ、ええ刻限でっさかいな。わたいはこれで」

「わたくしもまた明日」

土岐と枡屋茂右衛門が辞去を求めた。

二人が帰った後、鷹矢の前に温子が現れて、手を突いた。

「申しわけも……」

温子がうなだれた。

「いや、今回のことを気に病むではない。前回は温子どのの父、南條蔵人も納得のうえでしでかした。押しつけられたという事情を割り引いても、言いわけは通らぬ。だが、今回は違う。南條蔵人の意志はどこにもない。上のほうで勝手に決めただけだ」

身を小さくする温子を鷹矢が慰めた。

「お願いがございまする」

温子が真剣な表情で鷹矢を見上げた。

「聞けるかどうかは、わからぬが」

聞くだけは聞こうと鷹矢が促した。

「どうぞ、父を救おうとはなさってくださいますな」

「…………」

「公家というものは、名前だけで生きておりまする。それを承知で罪を犯したのでございますれば、南條の家は二度と公家の座には就けませぬ。それに……」

温子が一瞬ためらった。

「京の町は、忘れてくれませぬ」

小さく温子が首を横に振りながら続けた。

「南條の名前は末代まで嗤われまする」

温子が涙を浮かべた。

「母御と姉君か」

「……はい」

鷹矢の確認に温子が首肯した。

温子は南條家の次女であった。男子がいない南條家は、婿養子を迎えて家を継がせるしかない。だが、当時六位の弾正尹という、余得もなにもない下級公家でしかなかった南條家に、いい婿が来るはずはなかった。

公家にとっていい婿とは、実家の力をもって婚家を引きあげられる者のことをいう。当たり前のことだが、そんな力のある公家の息子がなんのうまみもないところへ婿入りしてくることはない。

つまり、格下でなんの力もないどころか、婚家にすがろうという端公家の息子くらいしか南條家へ婿入りしてくれる者はいないのだ。

南條家の娘二人が、音に聞こえた美形であったとしても、これは変わらず、婿取り以外の娘は、大坂あたりの商家か、名家以上の公家の妾になるしかない。そうなれば、多少の援助は期待できるが、妾は奉公人でしかなく、容色が衰えたらわずかな退き金を渡されて、放逐される。

いわば使い捨てであった。

それよりは、あからさまな褒賞ではあるが、うまみのない弾正尹から余得の塊である蔵人への異動をもらって、禁裏付のもとに入りこむ細作(さいさく)をさせるほうがましだとして、温子が鷹矢のもとへ送り出されたのだ。

こうして温子は南條家の犠牲になり、できれば鷹矢の閨に侍るところまで籠絡するようにと指示を受けた。

これは別段、珍しいことではなかった。

京都所司代を含め、遠国勤務をする役人たちは、家族を江戸に残すのが普通であった。幕府への人質という意味ではなく、純粋に金の問題であった。

江戸から京まででも、十日はかかる。赴任する場合は、幕府から旅費が支給されるが、これは本人だけのぶんであり、家族までは面倒を見てくれない。さらに京での生活費の問題もある。

家族を残して単身で赴任したほうが、負担はかなり減る。

だが、そうなると別の問題が発生した。枯れた老人、あるいは婿養子などにはない悩みが出てくる。女のことだ。

これが家臣ならば、現地の遊廓に行って発散できる。しかし、当主となればそうもいかなかった。

京都町奉行が祇園で遊んでいるなど、醜聞以外のなにものでもない。

そこで、京都町奉行や禁裏付には、貧乏公家の娘が斡旋された。

公家には毎月援助の金が渡され、役人には口の固い現地での妾が手に入る。需要と供給が一致すれば、それが慣習となるのに時間はかからない。

世間から見れば、温子は南條家が禁裏付から援助を引き出すために差し出したとしか見えず、その行為は褒められたものではないが、声高に非難するものでもなかった。

問題は、その差し出した生け贄ともいうべき娘を、取り戻そうとしたこと、いや、それを利用して鷹矢の失脚を狙ったところにあった。

極端な言いかただが、京の貧乏公家にとって、娘は商品になり、遠国勤務で京へ赴任してきた武家は、お得意さまである。

売り買いの証文を交わしていなくとも、商売には守らなければならない一線がある。

売り主が買い主を商品のことで脅してはならないのだ。

これを南條蔵人は破った。

「京の公家は、信用できぬ。娘を売りつけておきながら、そのことで脅迫し、失脚をさせようとする」

こう噂が拡がれば、娘を売ることでどうにか息を継げている貧乏公家が、やっていけなくなる。

武家も慣例になっているとはいえ、女の問題は容易に醜聞と化すだけに、信用できない相手とかかわるはずもない。

南條家が京の人々から忘れられないというのは、ここにあった。

「わかった」

温子の頼みを鷹矢は受けいれた。

南條蔵人を助けたところで、その後まで面倒を見きれるはずもないし、罠に嵌められた鷹矢が手出しすることで、より状況を悪くする。

「申しわけ……」

もう一度頭を下げた温子が、涙を流しながら鷹矢の前から去っていった。

「南條蔵人を救うことはできぬか。ならば、この筋書きを書いた者を……」

鷹矢が怒りを呑みこんだ。


霜月織部と津川一旗がようやく合流した。

「場合によっては、東城典膳正を排除、あらたな手の者を送りこむ」

松平定信の考えを津川一旗が、念を押すようにもう一度霜月織部に伝えた。

「その判断は、こちらでしてよいのだな」

「うむ。往復していては、間に合わぬ」

確認した霜月織部に津川一旗がうなずいた。

「ならば……」

霜月織部が、津川一旗のいない間に起こったことを語った。

「南條蔵人を京都所司代が手放しただと……」

津川一旗が眉をひそめた。

「それよ。東城の手柄を奪うのが目的かと思っていたが、戸田因幡守はなにを考えているのか、わからぬ」

霜月織部が首をかしげた。

「どちらにせよ、幕府が得た札の一枚、最高とは言わぬが、使いどころによっては効果があったであろう札を、戸田因幡守が捨てた」

「そこまでして、越中守さまの邪魔をしたいのだろう」

津川一旗と霜月織部が難しい顔で互いを見合った。

「奪うか」

霜月織部が南條蔵人の奪還を口にした。

「ふむ」

しばし、津川一旗が思案に入った。

「南條蔵人を奪い取って、その後どうする」

「江戸へ連れていくのは無理か」

津川一旗の疑問に、霜月織部も悩んだ。

「大人しく同行はすまい。公家が江戸へ連行される。これがどれほどまずいことかくらいは、さすがにわかろう」

「二人おればどうにかなろうが……」

交代で見張りを続ければ、南條蔵人を松平定信のもとへ運ぶくらいは可能であった。

「その間、東城の見張りが留守になる」

「……むう」

霜月織部の懸念に、津川一旗が唸った。

「どうだろう、これを東城への試しにせぬか」

津川一旗が発案した。

「南條蔵人を奪還した後、東城に預けると」

「そうよ。それをどうするかで、東城が越中守さまのお心に添うかどうかの判断ができよう」

確かめるように言った霜月織部に、津川一旗が首を縦に振った。

「なるほどの、面白いかも知れぬ」

霜月織部が興味を示した。

「手に入れた南條蔵人を罰する、あるいは江戸へ送る手配をするようならば、東城に問題はない」

「もし、南條蔵人を匿う、あるいは逃がす、朝廷や京都所司代に引き渡すとあれば、あやつは敵」

二人の目つきが険しくなった。

「南條蔵人ごとき小者の扱い次第で、その判断ができるとあれば、妙策じゃ」

「であろう」

霜月織部の称賛に、津川一旗が胸を張った。

「拙者がいたそう」

「任せる。吾は東城を見張っておこう」

実行すると名乗り出た霜月織部に、津川一旗が首肯した。

土岐は霜月織部を警戒しながら、勧修寺経逸の屋敷を目指した。

「付けてくる気配はないな」

石薬師町は、禁裏付屋敷のある百万遍から、御所を挟んで反対側、およそ十四町（約一・五キロメートル）ほどのところにある。

下級公家の屋敷が多いため、日が落ちると人気はほとんどなくなった。

「…………」

瘦軀を駆って、土岐が勧修寺の屋敷へ忍びこんだ。

勧修寺家は裕福とまではいえないが、その日の暮らしに困るほどではない。貧しい公家の屋敷では、まず使われない灯明が、主の書院にはあった。

「よろしおすかあ」

間延びするような女の声が、床下に忍びこんでいる土岐の耳に届いた。

「そこやない、もうちょっと尻に近いほうや」

勧修寺経逸が女の声に応答した。

「久しぶりの輿は、腰にくるわ」

「そうですかあ」

文句を言う勧修寺経逸を、女が流した。

「検非違使別当なんぞ、やってたことさえ忘れてたちゅうに」

さらに勧修寺経逸がぼやいた。

「……なんですのん、それ」

腰をさすっていた女が首をかしげた。

「知らんのかいな。おまえも公家の出やろうが」

「うちみたいな七位の家柄に言われてもわかりまへん」

あきれた勧修寺経逸に女がひがんだ。

「すまんかったのう、機嫌なおしや」

あわてて勧修寺経逸が女の機嫌を取った。

「御所はんなんて、もう知らんし」

女がよりすねた。

「そう言いな。今回のことで麿は権大納言に上がるんや。そうしたら、おまはんの実家をちょっとくらいは助けてやれられるがな」

「……ほんまに」

勧修寺経逸の言葉に女が反応した。

「ほんまや、ほんま」

「…………」

寝ていた勧修寺経逸が起きあがる気配を土岐が感じた。

「どこをいろうてはりますの」

女が嬌声をあげた。

「……あほらし」

書院を閨に変えた勧修寺経逸をあきらめて、床下から這い出した。

「権大納言かあ」

屋敷を出たところで、土岐がため息を吐いた。

「本来、官位や役職は、主上が決めはることやねんけどなあ」

すでに天皇の権威は形だけになり、五摂家の思うがままになって久しい。

「五摂家も幕府や家宰の言うとおりになってしもうとる」

夜の京を急ぎながら、土岐が独りごちた。

「こらあ、主上のおおせられるとおり本気で朝廷の行く先を考えんとあかんわ」

土岐が表情を真剣なものにした。

第三章　混迷の夜

一

南條蔵人は、久しぶりに吾が屋敷へ戻った。

もちろん、無罪放免ではなく、蟄居（ちっきょ）謹慎の場所として己の屋敷が選ばれただけであった。

「ええか、大人しゅうしてんと、次はないでえ。どなたはんとは言わへんけど偉いお方ほど、気は短いからの」

屋敷で網駕籠から出されたとき、勧修寺経逸から南條蔵人は太い釘を刺されていた。

「偉いお方……」

その言葉に南條蔵人は期待を持った。

「二条大納言さまや。大納言さまが、助けてくれはったんや」

南條蔵人が喜んだ。

「京都所司代の牢から吾が屋敷に帰された。蟄居謹慎は形や。そのうち放免になって、麿はもう一度蔵人に戻れる」

さすがに失敗をしただけに、出世させてもらえるとは思っていないが、悪事の片棒を担いだのだ。下手に口を割られては困ると、二条大納言が己の扱いを変えないでいてくれると南條蔵人は考えていた。

「おい、誰ぞ、おらんのかいな」

玄関先で一人放り出された南條蔵人が、妻と長女の出迎えがないことに気づいた。

「戻って来たで、おい。出迎えを……」

南條蔵人が屋敷のなかへと入った。

「……誰もいてへん」

屋敷のなかをあらためた南條蔵人が呆然とした。

「妻(さい)よ、波多江(はたえ)よ」

南條蔵人がもう一度、屋敷のなかを妻と長女の名前を叫びながら、探した。

「どういうことや」

半刻（約一時間）近く、うろたえた南條蔵人は疲れはてて居室に座りこんだ。

「……実家か」

罪を得た公家の家族は、まず親戚を頼ることが多かった。

「呼び戻さな」

ふらふらと南條蔵人が歩き出した。

貧乏とはいえ、公家の当主であるだけに、南條蔵人は食事の仕度はおろか、掃除や洗濯などをしたことはない。

一人で屋敷に閉じこめられたら、飢え死にしてしまう。

「…………」

無言で潜り戸を開けて、南條蔵人が顔を出した。

「あっ、なにしてんねん」

監視の赤狩衣が驚いた。

「妻と娘を迎えに行くんや」

「阿呆なこと言いな。おまはんは蟄居中やぞ。屋敷から一歩でも出たらあかんねん」

完全に潜り戸を出た南條蔵人の言いわけに、赤狩衣が啞然としながらも制しようとした。

「そやないと、飯も喰えん」

「あかん、出たら罪が重うなるで」

持っていた棒で赤狩衣が南條蔵人を押し戻そうとした。

「邪魔しいな」

棒を握って南條蔵人が奪おうとした。

「こいつっ、抵抗するか」

赤狩衣が顔色を変えた。

看督長は、衛門府に属する衛士のなかから選ばれる。衛門府といったところで、なにをするわけではないが、一応禁中の警衛を任としているだけに、あるていど武芸の修練はさせられている。

「逆らうとあらば、こうや」

棒をひねって南條蔵人の手を離させると、赤狩衣が鋭く棒を返して打った。

「ぎゃっ」

右二の腕をはたかれた南條蔵人が苦鳴をあげて、うずくまった。

「痛い、痛い、骨が、骨が」

「さっさと屋敷へ戻らんか。さもないと」

二の腕を押さえて泣く、南條蔵人に赤狩衣が棒を突きつけた。

「堪忍や、堪忍」

暴力を受けると人は弱い。南條蔵人が無事の左手で顔をかばうようにして謝った。

「早よ、戻れっちゅうとるやろうが」

赤狩衣が棒を振りあげた。

「ひえええ」

南條蔵人がおたおたと潜り戸へ飛びこんだ。

「阿呆が」

棒を降ろした赤狩衣が罵った。

「……どないしたら」

二の腕が腫れあがるほど叩かれたのだ。もう一度脱出を試みる気にはなれない。

　玄関式台に座りこんだ南條蔵人が頭を抱えた。

「水はあるけど……食いものは……」

　痛みにふらつきながら、台所土間へと行ったが、米はもちろん、野菜や買い置きの干瓢や凍み豆腐もない。

　当たり前である。取り潰されるのが見えているのだ。妻や長女が南條家を離れるときに、持ち出せるものは全部持ち出したに決まっている。

「これやったら、京都所司代の揚がり屋のほうがましや。飯が出るし、風呂はあかんけど、身体を拭く水と布は与えられた」

　揚がり屋は身分ある公家や武家、僧侶神官などを収監する牢で、京都所司代のように常設の牢がないところは、小さく座敷を格子で区切って代わりにした。

　相手がそれなりの身分であるため、食事も普通の囚人に出される盛り切り飯ではなく、膳の上に飯と汁と漬け物が用意された。

「死んでしまう……」

　台所の床下を覗いた南條蔵人が崩れ落ちた。煮炊きや暖を取るための薪や炭さえもなくなっていた。

京の冬は厳しい。燃やすものがなければ凍死もある。

「金もない」

蟄居謹慎でも、本人以外が買いものに出る、あるいは出入りの商人を呼び入れて、ものを買うことは認められていた。

だが、その金もなかった。

蔵人になってから、まだ日が浅いだけにさほどの余得は受けていないが、それでも弾正尹に比べて収入はあった。小判は見ていなくとも、銭や朱銀は毎日のように持って帰っていた。それらは台所の膳棚の奥へ隠されていたはずだったが、もぬけの殻になっていた。

「そうや、二条大納言はんに手紙を届けてもらえばええねん。大納言はんなら、わたいの苦境を察してくれはるはずや」

急いで居室に戻った南條蔵人だったが、値の張る手紙に使うほどの紙が残されているはずもなかった。

「…………」

肩をがっくりと落とし、南條蔵人が動かなくなった。

「哀れだな」

「幻聴まで聞こえおるわ。いよいよあかん」

南條蔵人が、虚ろな笑いを浮かべた。

「空耳ではないぞ」

声があきれた。

「誰や、まさか……」

ようやく南條蔵人が警戒をした。

「安心せよ。放っておいても十日と保たぬ輩の命を狙うほど、酔狂ではない。どちらかといえば、助けに来た」

「助け……二条はんの」

「あいにくだな」

喜色を浮かべた南條蔵人に、声が冷たく否定を浴びせた。

「……えっ。ほな、誰や」

一気に南條蔵人が気を尖らせた。

「誰でもよいあろう。助けて欲しいかどうかを訊いている」

名乗るつもりはないと声が述べた。

「ぶ、無礼やぞ。麿を蔵人と知っての……」

「とっくに罷免されているぞ」

「……そんな、二条はんが守ってくれはると……」

南條蔵人の声が震えた。

「おまえも公家だろう。公家は策略が本分だ。策に失敗したおまえを公家の頂点に君臨する五摂家が助けるわけなかろうが」

「そんなことはない。二条はんは……」

「直接二条大納言と会って、言質を取っているのか」

「お目通りが叶うわけないけど、家宰の松波雅楽頭はんが……」

問われた南條蔵人の語調が弱くなった。

「松波雅楽頭が、二条大納言の思惑で動いているという保証は」

「そんなもん、雅楽頭はんは代々二条はんの家宰を」

「救う価値もない馬鹿だな」

「へっ……」

断じられた南條蔵人が一瞬間抜けた。

「家臣がずっと忠誠を尽くすならば、乱世は起こらなかった。なにより、武家が公家の荘園を押領するはずはない」

「……まさかっ」

やっと南條蔵人が己の立場が危ないことに気づいた。

「松波雅楽頭にしてみれば、おまえは生きているだけで邪魔だろう」

「で、では、京都所司代から助け出したのは」

南條蔵人が顔色をなくした。

「京都所司代に囚われていては、手出しができまい」

「ああああ」

声に言われた南條蔵人が頭を抱えて、叫んだ。

「なんでやあ」

「……落ち着いたか」

しばらく黙っていた声が、南條蔵人の泣きがおさまるのを待って、呼びかけた。

「助かりたいか」

「死にとうない」

尋ねられた南條蔵人が必死の形相で応じた。

「今夜出してやる。寝るなよ。起こしてはやらぬ」

「わ、わかった」

釘を刺す声に南條蔵人が何度も首を縦に振った。

「これを喰って待て」

天井板が外れ、南條蔵人の前に握り飯の入った竹皮包みが落とされた。

「い、飯や」

南條蔵人が飛びついた。

「…………」

夢中になって握り飯を食っている南條蔵人を置いて、声が消えた。

二

松波雅楽頭は勧修寺経逸の報告を二条大納言へと伝えていた。

「ほうか」

二条大納言がうなずいた。

「後は時期を見て……」

「任す」

細かい話はどうでもいいと二条大納言が首を横に振った。

「雅楽頭、今度はあかんぞ」

「……心いたします」

失敗はもう許されないと二条大納言が松波雅楽頭に釘を打った。

「もう一つ。もう他人を使いな」

「それはっ……」

直接おまえが南條蔵人に引導を渡せと命じた二条大納言に、松波雅楽頭が絶句した。

「他人任せにするゆえ、失敗したんやろう」

「……ですが、わたくしは人を殺したことはもちろん血も見たことおまへん」

二条大納言の断定に、松波雅楽頭が蒼白になった。

「誰でも初めてはある」

二の足を踏む松波雅楽頭に、二条大納言が冷たく宣した。

「御所はん……」

松波雅楽頭が情けない声を出した。

公家は血を嫌う。公家が武家を下に見るのは、血を平気で流すし、流させるからだ。公家は天子に繋がる者ゆえ、穢れは避けなければならないというのが、身に染みていた。

「直接でけへんねんやったら、そこだけ他人を使うてええが、そなたもその場に行き、直接見届けてこい」

「人が死ぬところを……」

条件を緩めてもらっても、松波雅楽頭が嫌がった。

「諸大夫を辞めるか」

二条大納言が冷たく言った。

松波家は摂家諸大夫家の一つであり、二条家の家宰を担う。その権限はかなり大きく、朝廷の人事にも口を出すことができるが、独自の禄を持ってはいなかった。

従六位、あるいは従五位下の官位は与えられているが、独立した公家ではなく、大名でいうところの家老、あるいは用人であった。

つまり主家である二条大納言の考え一つで放逐されても文句は言えないし、禄がないため、いきなり生活に困った。

なにより洛中において絶対の力を誇る五摂家を追放された松波雅楽頭に、手を差し伸べる者はいない。

「ご、御所はん……」

松波雅楽頭の顔色が紙のように白くなった。

「ここまで失敗を許してきたんや。麿は優しいやろう。じゃけどもな、いつまでもそうはいかん。他への示しもある」

「…………」

微笑みを浮かべながら語る二条大納言に、松波雅楽頭が沈黙した。

「わかったな。今度、そなたが麿の前に顔を出すときは、南條蔵人の死に様を報告するときや」

話は終わったと二条大納言が、松波雅楽頭へ手を振った。

「ご、御免を、く、くださりませ」

あからさまな動揺を隠すこともできず、松波雅楽頭が二条大納言の前から下がった。

人は思わぬ事態にはまったとき、思案が固まってしまい、一つしか方策を思い付かなくなることがある。そして、それこそ最良だと思いこんでしまう。

「なんとかせな……」

松波雅楽頭が二条家を出て、あてどもなく歩いていた。

「儂(わし)に南條蔵人を殺す勇気はない」

頭に血がのぼっているなら、咄嗟に斬りつけたり、殴りかかったりできても、時間をかけてとなると、人が人を殺すのは難しい。

「とにかく金が要る」

松波雅楽頭が苦い顔をした。

人を殺すという汚れ仕事をさせるのだ。ただで引き受けてくれる者などいない。いや、普通に他人を雇う数倍の金を支払わなければ、誰も相手にしてくれなかった。

「しかし、金はない」

先ほどの失敗はもう許さないという言葉は、二条家の金を遣うなという意味も含まれている。今まで失敗してきたことで、松波雅楽頭は二条家にかなりの損害を出していた。

「どないしょう」

松波雅楽頭が俯いた。

「これは二条さまのとこの、松波さまやおまへんか」

「……誰や。ああ、桐屋か」

大声に反応した松波雅楽頭が、相手を見た。

「お目にかかれてよろしゅうございました。いかがですやろ、ちょっと一献」

「酒か。よかろ」

憂さ晴らしにちょうどいいと松波雅楽頭が桐屋利兵衛の誘いに乗った。

「ここでよろしゅうございますか」

「どこでもええ」

桐屋利兵衛が適当な茶屋の前で足を止めた。

「二階空いてるか。ほな、誰も入れんように頼むわ」

出迎えた茶屋の主に、桐屋利兵衛が小判を摑ませた。

「こ、こちらへ」

茶屋の主が心付けの大きさに、あわてて二人を二階の奥の間へ通した。

「お困りのようで」

桐屋利兵衛が、下座につくなり問うた。

「な、なんや」

見抜かれた松波雅楽頭が焦った。

「この桐屋、お金に困ってはるお方を嫌っちゅうほど見てきましたんや。女の善し悪しを一目でよう当てんでも、金に困っているかどうかだけは見抜く自信がおます」

妙な自慢を桐屋利兵衛がした。

「…………」

松波雅楽頭が黙った。

「まあ、呑んでからのお話にしまひょう」

それ以上追及せず、桐屋利兵衛が松波雅楽頭へ酒を勧めた。

酒はうつうつと呑めば、酔いも回りやすい。騒ぎながら呑むより、数倍早く酔う。

松波雅楽頭は、小半刻（約三十分）ほどで酔った。

「つごうつけますで」

酒を注ぎながら、もう一度桐屋利兵衛が誘った。

「……金か。金よりも人が要るわ」

松波雅楽頭が、本音を口にした。

「人ですかあ。どんな者がお入り用で」

「裏の仕事ができる者や」

問われた松波雅楽頭が答えた。

「……裏でっか」

桐屋利兵衛が苦い顔をした。

「こういうとき頼りになった男がおらへんなって、困ってる」

「…………」

さらにぼやいた松波雅楽頭に、桐屋利兵衛が口をつぐんだ。

「桐屋」

「へえ」

「商人は儲けがないと動かへんやろ」

「まあ、絶対やおまへんけどなあ。そのときは儲けがなくても、将来に繋がるんやったら無理することもおますわ」

問うような松波雅楽頭に桐屋利兵衛が述べた。

「禁裏御用が欲しいねんやろ。いろいろ動いてるという噂は」

「いただきたいですなあ」

少し落ち着いた松波雅楽頭の確認に、桐屋利兵衛がうなずいた。

「五摂家諸大夫ちゅうのはなあ、かなり力があるで」

「承知してます」

二人の顔が近づいた。

「精一杯の尽力を約束するさかい、裏の者を紹介してんか」

「……精一杯の尽力でっかあ」

松波雅楽頭の条件に桐屋利兵衛が気乗りのしない反応を返した。

「お公家はんの口約束は、ちいと」

「信用でけへんと」

「有り体に申しあげれば」

見つめる松波雅楽頭から桐屋利兵衛が目を逸らさなかった。

「書いてもええで」

松波雅楽頭が証拠を残してもいいと言った。

「それは要りまへん。かえってまずいことになるときもおますさかい」

桐屋利兵衛が残るものは不要だと首を左右に振った。

「ほな、なんや」

「精一杯の尽力をしてくださる証に、一つ引き受けていただきたいことがおますねん」

訊いた松波雅楽頭に、桐屋利兵衛が言った。

「なにをさせたいんや」

松波雅楽頭の顔から酔いが消えた。

「砂屋楼右衛門をご存じですやろ」

「……知らんとは言わへん」

微妙な答えを松波雅楽頭がした。

「その砂屋楼右衛門が始末されたことは……」

「聞いてる。実際に見たわけやないけどな。砂屋は便利やったさかい、いろいろとつきあいのある連中もおるでな、なにかと噂にはなってるわ」

松波雅楽頭が告げた。

「では、砂屋に付いていた女のことは」

「一度だけ、会うたな」

暗に一度砂屋楼右衛門に依頼をしたことがあると松波雅楽頭が口にした。

「わたくしも一度で惚れましてなあ」

桐屋利兵衛も砂屋楼右衛門とつきあいがあったと匂わせた。

「その女がどうなったか、ご存じやおまへんか」

「女のことなんぞ、気にもしてへんなあ」

言われて松波雅楽頭が苦笑した。

「砂屋と一緒に死んだんと違うんか」

「それが、あの日、女を抱きかかえた男二人が、南禅寺裏から出てくるのを見てた者がいてますねん」

「女を抱きかかえた男が二人……」

桐屋利兵衛の言った意味がわからないと、松波雅楽頭が首をかしげた。

「一人はわかってますねん。禁裏付東城典膳正さまとその許嫁ですわ」

「東城……」

仇敵の名前に松波雅楽頭の眉間にしわが寄った。

「で、もう一人の男は、東城典膳正さまの家来やないかと」

「その家来があの女を抱きかかえていた」

「……そうやないかと疑うてます」

確かめるような松波雅楽頭に、桐屋利兵衛がうなずいた。

「南禅寺裏ちゅうたら、砂屋の本拠やな」

「……………」

松波雅楽頭の言葉に無言で桐屋利兵衛が肯定を表した。

「その女は禁裏付役屋敷にいるんと違うんか」

「それが、わかりまへんねん。いろいろ手回してますねんけどなあ、あそこにいてる女は二人。一人は先ほどの許嫁、もう一人は……」

「南條蔵人の娘やな」

より一層、松波雅楽頭の顔がゆがんだ。

「禁裏付の同心にも訊いてるんやろ」

「もちろんですわ。二人ほど。でも、なんもわかりまへんねん」

禁裏付同心四十名のうち二人を籠絡していると桐屋利兵衛が開示した。

「女一人は大きいさかいなあ、隠し通すのは、ちと難しいの」

松波雅楽頭も納得した。

「禁裏付のかかわりとなると……他に誰がいてる」

「京都所司代さま、京都東町奉行さま、もうお一方の禁裏付さま、そして枡屋茂右衛門」

問うた松波雅楽頭に桐屋利兵衛が指を折って数えた。

「枡屋……伊藤若冲か。ありゃあ、寺社に顔が広いでえ」

松波雅楽頭が女の預け先には困らないだろうと、渋い顔をした。

「寺社は女を預からしまへんやろ」

「葷酒山門（くんしゅさんもん）に入るを許さずは、もう看板だけやぞ。よほどまともな寺社以外は、全部大黒（だいこく）を持ってるわ」

否定した桐屋利兵衛を松波雅楽頭が笑った。

大黒とは妻帯禁止の僧侶がうちうちに囲う妻のことをいう。酒のことを般若湯と呼ぶのと同じで言い換えであった。

「しゃあからあきまへん。覚えてはりますやろ、あの浪という女を。あんな艶のある女を身近に匿って、坊主が我慢できますかいな」

「たしかにそうやな」

松波雅楽頭も同意した。

「そういえば、禁裏付役屋敷に出入りしている仕丁がいてたな」

ふと松波雅楽頭が思い出した。

「いてますけど、あんな小者にどうにかできる話やおへんやろ」

桐屋利兵衛が首を横に振った。

「とは思うねんけどなあ。禁裏付がただの仕丁とそんなに親しゅうするかのう」

なにか松波雅楽頭がすっきりしない表情をした。

「で、どうですねん」

桐屋利兵衛が話を戻した。

「わかった。探ってみるわ。あれだけの女や。見かけた者がおれば、きっと噂になるはずや」

「お願いしますわ。その代わり、こっちも裏の仕事できる男を探しておきますよって」

二人の要求が合致した。

三

日課としている散策を光格天皇はおこなっていた。

といったところで、庭へ降りることはできず、御所の軒から庭を眺めるだけではあったが、狭い御簾内から外を見るのと違い、見渡せるというのは、心を解放する。

よほどの大雨でもないかぎり、光格天皇は軒下に出た。

また、御所の奥ということもあり、近くに侍る者も少なくできる。

「思索に入る」

そう言えば、声の届かない範囲までそれらの者も下がってくれる。

密談にはもってこいの状況であった。

「爺」

軒の端で光格天皇が呼びかけた。

これで返事がなければ、その日は土岐が来ないという決まりである。光格天皇は、庭を見るような振りで、返事を待った。

「これに」

少し遅れて土岐が応じた。

「随分と気を遣うの」

遅れが聞き耳を探っていたからだと光格天皇が気づいた。

「畏れ入りまする」

いつもと違った固い口調で、土岐が詫びた。

「ややこしいことか」

「かなり」

光格天皇の問いに、土岐がため息交じりで答えた。

「どうした」

「禁裏付東城典膳正が屋敷に押し入った蔵人の南條某をご存じでございましょうや」

「そんな報告を爺から聞いた気がする」

光格天皇がほんのわずかに頭を上下させた。

「その南條でございますが、禁裏付から京都所司代が取りあげ……」

経緯を土岐が語った。

「検非違使が引き取ったと」

罪人も血と同じく穢れになるため、天皇には基本として報されない。光格天皇がちらと眉をひそめた。

「で、南條は蟄居か」

「さようでございまする」

「危ないの」

「ご明察でございまする」

いかに庭を見ているとはいえ、表情はお付きの者から見える。光格天皇が無表情ながら、怒りを露わにした。

「……手出しはできぬの」

だが、すぐに光格天皇が落ち着いた。

罪を得た公家の赦免をできるのは、天皇だけである。幕府が捕まえた公家でも、天皇が願っているという形で放免される。

しかし、今回それをすることはできなかった。なにせ、光格天皇は南條蔵人のことをいっさい知らないのだ。

知らないはずの公家を赦免するなどあり得ないし、命じればどうやって光格天皇が南條蔵人のことを知ったかが問題になる。

「我欲の結果でございまする。主上がお気になさらずともよろしいかと」

土岐が光格天皇の気持ちを配慮した。

「なんとかしてやれぬのか」

光格天皇が土岐に問うた。

「ご命とあれば……」

土岐がやってのけると宣した。

「爺に苦労ばかりかけるな」

「それがうれしゅうございまする」

気遣う光格天皇に、頼ってもらえることが褒美だと土岐が答えた。

「主上、一つだけ」

「なんじゃ」

願いがあると言った土岐を光格天皇が促した。

「典膳正への貸し、使わせていただくやも知れませぬ」

「かまわぬ。爺に任せる」

光格天皇が認めた。


武官系の公家というのもいるが、それも泰平の世になり名前だけになっている。公家というのは、荒事を嫌うだけでなく、できなくなっていた。

これは赤狩衣という実地に出向く武官でも変わらない。

「交代やで」

蟄居謹慎の屋敷を見張るのは、昼夜を分かたずになる。当然、一人の赤狩衣ではできないため、朝番、昼番、夜番の三交代で、南條蔵人の屋敷は封じられていた。

「やっとかいな。遅いんと違うか。もう四つ（午後十時ごろ）はとうに過ぎてるがな」

　昼番の赤狩衣が夜番の赤狩衣に苦情を付けた。

「すまん、すまん。ちと女がなあ」

　夜番の赤狩衣が頭を掻いた。

「……………」

　冷たい目で昼番の赤狩衣が見つめた。

「ええやないかあ。予定外の金がもらえるなんぞ、何十年に一回あるかないかやで。勧修寺はんが、別当のときでよかったやないか。他のお方やったら、こんな手当はしてくれへんし」

　夜番の赤狩衣が言いわけをした。

「たしかにそうやけどな。勧修寺はんは裕福やとは聞いてたけど、ほんまやったなあ」

　昼番の赤狩衣もうなずいた。

「さあ、代わるさかい、おまはんも行きいな。まだ、やってるで。今からやったら、通しで朝までつきおうてくれるわ」

「そうやった。女が埋まる前に急がな」

言われた昼番の赤狩衣が、遊廓を目指して駆けていった。

「一日で一朱は、ありがたいわ。そんだけあったら、毎日でも廓へ通える」

残った夜番の赤狩衣がだらしなく笑いながら、所定の位置に付こうとした。

「………」

夜番の赤狩衣の目の前に影が落ちた。

「えっ……ぐっ」

一瞬目を大きくした夜番の赤狩衣だったが、鳩尾に当て身を喰らって崩れ落ちた。

「夢を見たならば、満足だろう」

月明かりに霜月織部が浮かびあがった。

さすがに門前に転がしていたら、どこから見られるかわからない。霜月織部は、割と大柄な夜番の赤狩衣を軽々と担ぎあげると、すでに閂を外してある潜り戸のなかへ持ちこんだ。

「用意はできてるか」

「できてるけど、そなたが昼間の」

声をかけた霜月織部に、南條蔵人が疑心を見せた。

これほど翻弄されたなら、疑い深くなるのは当然であった。

「耳を信じろ。己の耳を」

「……同じ声や」

ようやく南條蔵人が安堵して、身体の力を抜いた。

「……死んでるんか」

嫌そうな顔で南條蔵人が、当て落とされている赤狩衣を見下ろした。

「気絶しているだけよ」

「騒ぎださへんか」

霜月織部の答えに南條蔵人が懸念を口にした。

「朝まで保つ」

「ほうか。ほな、さっさと行こ」

南條蔵人が急かした。

「待て。少し小細工をしておきたい」

「小細工……」

「これに着替えろ」

首をかしげた南條蔵人に霜月織部が小袖を渡した。

「なんやこれ。あんまりええ生地やない……わかった」

文句を言いかけた南條蔵人が、霜月織部に睨まれて素直に着替えた。

「貸せ」

南條蔵人が脱いだ衣類を奪い取った霜月織部が、それをいくつにも引き裂いた。

「な、なにをする」

「黙って、ここで待っていろ」

驚いた南條蔵人に指示をして、霜月織部が屋敷のなかへ消えた。

「……ひえっ」

屋敷のなかから大きな音がして、南條蔵人が首をすくめた。

「……待たせた。付いてこい」

すぐに霜月織部が屋敷から出てきた。

「なにしたんや」

「黙れ。ここからは口を利くな」

訊いた南條蔵人を黙らせて、霜月織部が足を速めた。

津川一旗は二辻離れたところから、禁裏付役屋敷を見張っていた。

「そろそろ織部が始めたころあいか」

小さく津川一旗が呟いた。

「どれ、行くか」

津川一旗が頃合いを見計らって、禁裏付役屋敷へと足を進ませた。

かつてはどこの武家屋敷にも寝ずの番はいた。夜討ち朝駆けが当たり前、それが本来の武士である。しかし、徳川家康が天下を統一し、秩序を世に敷いたことで、武家の本質は変化を余儀なくされた。

武家といえども、殺伐とするのはよろしくない。民を導く者として、穏やかであれとの教育が強いられ、槍よりも算盤が重んじられるようになった。

そうなれば、夜討ち朝駆けへの警戒など、無駄だとなる。

いまでは、寝ずの番を置いている屋敷など、江戸で幕府へ尚武（しょうぶ）の家柄だと自慢したい大名くらいのものだ。

百万遍の禁裏付役屋敷の潜り門を津川一旗が叩いた。

「……かなんなあ、もう寝てたのに」

愚痴を聞こえるように言いながら、禁裏付役屋敷に代々雇われている小者が、門脇の小屋から起きてきた。

「どなたはんで」

「拙者、禁裏付東城典膳正どのの知り合い、江戸の旗本津川一旗と申す者でござる。夜分の失礼は重々承知ながら、お取り次ぎを願いたい」

面倒くさそうな小者に、津川一旗がていねいに頼んだ。

「江戸のお旗本……へえ、ちいとお待ちを」

潜り門の上部に設けられている小窓で、ちらと津川一旗の姿を確認した小者が、台所口へと急いだ。

女中を雇っていない鷹矢の場合、来客の取次は温子の役目になる。

「家もなくなったし。ここでも実家より立派やわ」

温子は自ら台所脇の女中部屋で寝起きしている。

「卒爾ながら」

「お嬢はん……」

小者が台所口を叩いて、温子を呼んだ。

「どないしたん」

女は襖の開く音で目が醒めなければならないというのが、しつけである。すぐに温子が応対した。

「……というお客はんですわ」

「わかったわ。典膳正さまに訊いて参りますよって、門のところで控えといてや」

「へい」

門番小者を引き離して、その間に侵入する不埒者（ふらちもの）でないという保証はない。温子が小者を表門へ戻し、鷹矢の居室へと向かった。

「……なにがあった」

温子が廊下を歩いてくる音で、鷹矢は目覚めた。

「津川一旗さまとおっしゃるお方が……」

「この夜中にか。わかった。拙者が門へ行く」

刻限が刻限である。客間の用意をしろと鷹矢は言わなかった。

「休んでくれていい」

「はい」

温子が家事のほとんどを担当している。朝食の用意を始めるため、毎朝七つ（午前四時）過ぎには起き出している。

鷹矢は温子に起きていなくてよいと気遣った。

急な来客であろうとも、身分ある武士は袴を履いて、脇差を帯びなければならない。これを怠ると扱いが軽いと客から文句を言われたり、客ではなく刺客だったときには抵抗できずに殺されてしまう。

「お手伝いを」

起きあがった鷹矢に合わすように、弓江が入室してきた。

「……起きていたのか」

「いえ、南條さまの足音で」

弓江も台所に近い奥の間を居室にしていた。

「そのような姿で男の部屋に入るのは感心せぬぞ」

浴衣姿で近づいてきた弓江を鷹矢が窘めた。

「今更でございましょう」

弓江はまったく気にもしていなかった。

「……頼む」

肚を据えた女は強い。

鷹矢はあきらめて身を任せた。

「どうぞ」

袴の腰板を最後に合わせた弓江が、すっと離れた。

「かたじけなかった」

礼を述べて、鷹矢が居室を出た。

表門で待たされていた津川一旗は、一切表情を変えていなかった。

「開けまっせ」

門番の小者の声がして、ゆっくりと大門が開いた。とはいえ、深夜に全開にするわけにはいかず、半分ほどのところで止められた。

「津川どの、いかがなされた」

その隙間から鷹矢が姿を見せた。

「非常識な刻限に訪れたこと、お詫びいたしまする」

鷹矢とでは、身分に差がある津川一旗がていねいに腰を折った。

「たしかに、いささか問題のある刻限ではござるが、なにでござろう」

「まもなく、霜月が参りまする。それまでお待ちを」

「霜月どのも……」

より事情がわからなくなった鷹矢が、首をかしげた。

「ある人物を迎えに行っておりまする。そろそろ来るころでございますが……」

津川一旗が、後ろを気にした。

「……あれかの。どうやら来たようで」

目をすがめた津川一旗が、振り向いて鷹矢に言った。

「誰を迎えに……」

訊きかけた鷹矢が、霜月織部に引きずられるようにしている人物に気づいた。

「まさか、あれは……」

「さよう。南條蔵人でござる」

津川一旗が告げた。

「あのまま蟄居謹慎させておりましたら、殺されますゆえ、救い出し、江戸から指図あるまで、東城さまに預かっていただこうと」

「なにをしたか、わかっているのか」

淡々と述べた津川一旗に、鷹矢が憤慨した。

「南條蔵人は、朝廷が検非違使を出し、正式に捕まえた罪人であるぞ。それを幕府が横から……いや、ひそかに奪うなど」

鷹矢が絶句した。

「違いましょう。そもそもあの罪人は、禁裏付が捕まえたもの。それを京都所司代が手柄欲しさに取りあげ、さらに朝廷が証拠を消すために引き取った。咎められるのは、貴殿ではなく、戸田因幡守」

冷たい声で津川一旗が言った。

「しかし……」

「では、殺されてもよいと」

まだ反論しようとする鷹矢を、津川一旗が封じた。

「………」

生き死にを出されては、鷹矢としても言い返せなくなる。

「なかへ入れてもよろしいな」

津川一旗が鷹矢を見つめた。

四

津川一旗と霜月織部が、松平定信の手足だと鷹矢は知っている。今度のことも、南條蔵人という札を手にしていながら、松平定信の望む形では使わず、その政敵京都所司代戸田因幡守へ渡してしまったことへの叱責だと鷹矢は理解していた。

「わかった」

夜中で人通りはないが、いつまでも外で話し合ってもしかたがない。

鷹矢は三人を客間へと通すしかなかった。

「一体、どういう考えをしているのだ」

予想外のことに鷹矢の口調はきつくなった。

「落ち着かれよ」

霜月織部が鷹矢を宥めた。

「これが落ち着いていられるものか」

鷹矢が霜月織部を睨みつけた。

「なにをしでかしたか、わかっているのだろう」

「わかってやったのだからな」

噛みつきそうな鷹矢に、霜月織部が飄々（ひょうひょう）と答えた。

「どうするつもりぞ」

「任せる」

険しい声で問うた鷹矢に、あっさりと霜月織部が投げた。

「な、なっ……」

思わず鷹矢が絶句した。

「こいつを生かすも殺すも、おぬしに任せる」

そう言うと霜月織部は、津川一旗を連れて去っていった。

「…………」

あまりのことに鷹矢は呆然とした。

南條蔵人もやはり啞然としていた。

「助かりたいか」

霜月織部の言葉にすがりついて、屋敷を捨てて逃げ出したのだ。まさか、その先が禁裏付役屋敷だなどとは思ってもいなかった。

ただ死にたくない思いで、霜月織部の背中だけを見つめて必死で追ってきた。

「こいつを生かすも殺すも、おぬしに任せる」

その霜月織部が、南條蔵人を残していなくなった。

「…………」

南條蔵人と鷹矢がゆっくりと顔を合わせた。

「どないする気いや」

「どうして欲しい」

問うた南條蔵人に鷹矢が訊き返した。

「よろしゅうございますか」

廊下で控えていた弓江が割りこんできた。

すでに弓江は浴衣から常着に着替えていた。

「布施どの」

「しばし、お待ちを下さいませ」

声をかけた鷹矢を弓江が一礼して止めた。

「なぜ、あの者の誘いに乗りました」

弓江が南條蔵人に問うた。

「殺されるといわれたんや。実際、屋敷には誰もおらず、米も薪も夜具もなかったんや」

南條蔵人が怒鳴るような勢いで、弓江に答えた。

「なるほど、家族からも見捨てられたわけでございますな」

「……うっ」

告げた弓江に南條蔵人が詰まった。

「温子さまのことはどうなさるおつもりでございますか」

「そうや、娘や。娘に会わせよ」

続けて尋ねた弓江に南條蔵人が勢いづいた。

「会って、なにを言われますか」

「それは、助けてくれと……」

「温子さま」

南條蔵人の言葉を弓江が遮った。

「…………」

弓江が閉めた廊下の襖がふたたび引き開けられて、温子が座っていた。

「温子やあ。父じゃ、父じゃぞ」

拘留中は自害を警戒して、刃物はいっさい与えられない。髭も髪もぼさぼさで、南條蔵人はどう見ても公家には見えなかった。

「…………」

なにも言わず、温子が襖を閉めた。

「なんでやあ、父ぞ。父が帰ってきたんやぞ」

「己を売った者を父と呼べなど、厚かましい」

弓江がわめく南條蔵人を冷たく断じた。

「なにを言うてるねん。父は娘を好きにできるんや。娘は親のため、家のために尽くすんや。それが決まりじゃ」

　南條蔵人が弓江を非難した。

「それについては、わたくしの実家も同じではございますが……」

　弓江が険しい顔つきのまま続けた。

「犠牲になる娘がどれだけ辛いか」

「そんなもん、たいしたことやない。麿には南條という千年続いた名門の家の存続がかかってるねん。その重圧に比べたら、たいしたことやない。南條の家がなかったら、娘もこの世に生を受けてへんねんで」

　立場の違いが意見を合致させない。

「その南條の家はどうなりました」

「…………」

　南條蔵人が弓江の追及に黙った。

「よりよい役目に就きたいという思いはわかりまするが、過ぎた欲は身を滅ぼしまする」

「それは麿の器量が足りぬと言うか」

弓江の指摘に南條蔵人が怒った。

「器量というより、想像力がなかった。そもそも禁裏付役屋敷に躍りこんで、それが手柄になるわけないでしょう」

弓江の口調が変わった。

「二条大納言さまの保証ぞ」

「公家の約束を信じる馬鹿が公家のなかにいるとは」

言い返した南條蔵人に、弓江があきれた。

「無礼ぞ、女」

「止めよ」

喧嘩になりかけたところで鷹矢が制した。

「申しわけございませぬ」

「やかましいわ」

すっと引いた弓江に比して、南條蔵人は鷹矢を怒鳴りつけた。

「檜川」

「これに」

これだけ騒いでいて、家士の檜川が起きてこないはずはない。鷹矢の声に檜川が応えた。

「こいつを揚屋へ」

「はっ」

「また閉じこめる気か。麿は六位の公家やぞ」

檜川に拘束されながら、南條蔵人が連れられていった。

「では、わたくしはこれで」

弓江が一礼して腰をあげた。

「温子どののことを頼む」

その弓江に鷹矢が頼みごとをした。

「お断り申します」

弓江がきっぱりと断った。

「えっ」

一瞬、鷹矢が呆然となった。

「これ以上、敵に塩を送るわけには参りません」

上杉謙信と武田信玄の故事を口にして、弓江は下がっていった。

「意味がわからぬ」

急に機嫌を悪くした弓江に、鷹矢が首をかしげた。


翌朝、鷹矢が禁裏へあがる前に土岐が顔を出した。

「早うにすんまへんな」

土岐が詫びた。

「どうした。今日は、随分殊勝だな」

いつもの傍若無人さの片鱗もなく、肩を縮めている土岐に鷹矢が笑った。

「こんなこと言えた義理やおまへんねんけど……」

土岐が申しわけなさそうに、俯いた。

「南條蔵人を殺さんとっておくれやす」

「……また無茶を」

鷹矢がため息を吐いた。

「わかってま。南條蔵人は扱い次第で、典膳正はんをまずい立場に置くと。黙って殺して、山にでも埋めてしまうのが一番やというのも重々承知してます。そのうえで、頼みまする」

土岐が手を突いた。

「主上のお望み……」

その態度から鷹矢が思いあたった。

「……違うということにしておくれやす。わたい一人の勝手な願いですねん」

光格天皇の願いだとは言えないと土岐が首を左右に振った。

「うううむう」

鷹矢は唸るしかできなかった。

現実、南條蔵人は手元にいる。それが大きな問題であった。

「検非違使がどう出るか」

昨夜遅くに赤狩衣を当て落としたと霜月織部は言っていた。

「もう騒ぎになっているだろう」

「なってましたわ」

「見てきたのか」

「へえ」

驚いた鷹矢に土岐がうなずいた。

「教えてくれ」

鷹矢が頼んだ。

「夜明けとともに南條蔵人の屋敷へ行きましたら、大騒ぎでしたわ。屋敷が荒らされて、南條蔵人の行方が知れなくなっている」

「屋敷が荒らされている……」

土岐の話に、鷹矢が眉をひそめた。松平定信の手である霜月織部が、公家の屋敷を荒らすはずはない。鷹矢が困惑した。

「ごまかしですわ。盗人が入って、南條蔵人はんが巻きこまれたという」

「馬鹿なことを」

「さすがは江戸のお方ですわな」

土岐が嘲笑を浮かべた。

「昨日盗人になったばかりやという、素人でも貧乏公家の屋敷には入りまへん。金目のものは絶対おまへんよってな」

「だろうな」

温子という例があるのだ。鷹矢も京に来てすぐに公家の窮乏を知った。

「第一、公家の屋敷に泥棒が入っても町奉行所は動かへん」

「管轄ではないからな」

役人は己の権益を拡げるのは好きだが、それで面倒が増えるのは嫌がる。京都町奉行所は、公家の屋敷にはかかわらない。

「検非違使は、公家を捕まえても、盗人は追いまへん。その実力もおまへんが、盗賊などという不浄の者を検非違使が触るわけにはいかへんと断りはりますわ」

鼻で土岐が笑った。

「どうなると思う」

「今ごろ、勧修寺はんのところへ赤狩衣が駆けこんでるころですやろう」

検非違使別当に報告があがってから、どうなるかが決まると土岐が述べた。

「勧修寺権中納言どのは、ご熱心な方か」

「それなりでんなあ。お金に困ってはらへんだけ、動きは鈍いですが、お役目をないがしろにはしはりまへんな」

「問題は二条大納言……」

「でっしゃろなあ」

鷹矢の言葉に土岐が首肯した。

「騒ぐと思うか」

「ご本人は、黙りでっしゃろ。五摂家はんが、六位の蔵人を気にするなどありえまへんし」

土岐がにやりと笑った。

「もっとも南條を蔵人に推薦したのは、二条でっさかいな。口出ししても、まあ、不思議やおまへんが、罪を得た公家をかばうはずおまへんわ」

「では、放置していても」

「それはあきまへんやろ。なんのために京都所司代から引き取って来たか、わからへんなりますから。たぶん、松波雅楽頭あたりが蠢きまっせ」

下手に動かないほうがいいのではないかと考えた鷹矢を、土岐が否定した。

「松波雅楽頭自体は動きまへん。なんせ二条大納言の諸大夫でっさかいな。松波雅楽

頭が動くということは、二条家が後ろにいてると言うてるも同じ

「誰か、他の公家を動かすと」

「へい」

うなずいた土岐が続けた。

「おそらく勧修寺権中納言はんですやろ。勧修寺はんは検非違使別当。配下の検非違使が痛めつけられて、南條蔵人を持っていかれたのを放置しておくとなれば、面目が立ちまへんよって」

土岐が述べた。

「朝議の対象にはならんだろう」

六位の蔵人の屋敷に盗賊が入ったくらいで、朝議は開かれない。

「朝議を終えた後の雑談に持ち出して、なんとか興味を惹こうとしはりますわ」

「今日か」

「いきなりはおまへん。数日は検非違使だけでなんとかしようとしはりますやろ。なんぼなんでも恥でっさかい、隠そうとしはるはず」

「多少の余裕はある……か」

鷹矢が思案した。

「死なせず、こちらが泥も被らず……いっそ、江戸へ送るか」

「それも一つの手ですけどなあ、黙って見過ごしてくれますやろうか」

「また、闇が出てくると」

土岐の言いように鷹矢が不快げに眉間にしわを寄せた。

「砂屋楼右衛門は死にましたけど、京洛の闇はあいつだけやおまへん」

「むう」

鷹矢がうなった。

「一つ訊きたいんですけど」

土岐が鷹矢の許可を求めた。

「なにをだ」

「今でも南條蔵人は手柄ですかいな」

促した鷹矢に土岐が尋ねた。

「手柄といえば手柄だな。一応、朝廷の弱みを握ったことになる。それに今回は、老中へ問い合わせもせず、朝廷に引き渡した京都所司代戸田因幡守さまへの圧力にもなる」

「なるほど」

土岐が真顔になった。

「なあ、典膳正はん」

「なんだ。その悪巧みをしそうな顔を止めろ」

笑いながらも目だけは冷徹なままという土岐に、鷹矢が嫌そうにした。

「南條蔵人を捨てまひょ」

「……なんだと」

土岐の発言に鷹矢が目を剝いた。

「面倒なもんは、捨てるにかぎります」

「捨てるとはどこにだ」

名案だとばかりに繰り返す土岐に、鷹矢が尋ねた。

「そうでんなあ。喜んで引き取ってもらわんとあきまへんし……」

少しだけ土岐が考えた振りをした。

「京都所司代はんはあきまへんわな。そのまま勧修寺権中納言はんへ渡されますし。

京都町奉行所も公家をもらってもどうしようもおまへん。となると……」

答えを土岐が鷹矢に預けた。

「黒田伊勢守か」

鷹矢が今まで土岐が並べた条件から引き出された答えを告げた。

「さようですわ。禁裏付はんなら、罪を犯した公家を捕まえて当然ですやろ」

「それでは、拙者が南條蔵人を捕まえているのと同じではないか」

正解だと首肯した土岐に鷹矢が納得がいかないと述べた。

「全然違いますがな。店で買うたもんの文句を職人に言うようなもんですがな。手柄も責任も、現物を持っているお方が負う。そうですやろ。買った商品が気にいらんかったら、売った店に文句を付ける。その店へ納品した職人に怒鳴りこむのは筋違いでっせ」

わかるようなわからないようなたとえを土岐が口にした。

「禁裏付役屋敷に侵入し、謹慎蟄居を命じられた屋敷から逃げ出した南條蔵人を捕まえた。これは手柄ですやろ」

「そうだな」

　確認する土岐に、鷹矢が首を縦に振った。

「南條蔵人を朝廷に渡すか、そのまま幕府が札として使うか。それはあちらさんが決めはることですわな。で、手柄を捨てるお役人はいてますか。ああ、わたいの目の前にいてるお方は除きまっせ」

「……いないだろうな」

　土岐を睨みながら、鷹矢が認めた。

「喜んで引き取ってくれはりますやろ」

「たしかにな」

　鷹矢はうなずくしかなかった。

「しかし、どうやって黒田伊勢守に渡す」

「その前に、黒田伊勢守はんは、南條蔵人がどこかへ連れ去られたか、逃げたかを知ってると思わはりますか」

　土岐が前提条件があると言った。

「長く禁裏付をしているのだ。それくらいの伝手はあるだろう」

　禁裏付に朝廷のことを売りつけようとする仕丁や雑司はままいる。鷹矢は土岐がいるのでその手の類いを相手にしていなかった。

「ほな、南條蔵人やとわかったら、逃がしまへんわな。手柄と知ってる」

　土岐が目を細くした。

「どうするというのだ」

　もう一度鷹矢が手段を問うた。

「檜川はんを貸しておくれやす」

「それは構わぬが……」

「身動きでけんようにした南條蔵人を檜川はんに背負ってもらって、相国寺前の禁裏付役屋敷の前に運んで、その門前に捨ててきますわ。ああ、ちゃんと南條蔵人の首から、名札をぶら下げておきますで」

　訝しげな顔をした鷹矢に、土岐が述べた。

「…………」

　鷹矢が唖然とした。

第四章　二人の禁裏付

一

枡屋茂右衛門は啞然としていた。

南條蔵人を黒田伊勢守に引き渡したと言った鷹矢に、枡屋茂右衛門が首を横に振った。

「いくらなんでも……」

「二度も同じ者を捕まえるのだ。二人の禁裏付が分け合っても不思議ではあるまい」

鷹矢がうつろに笑った。

「入れ知恵したのは、おまえさんだな」

枡屋茂右衛門が知らん顔で茶を啜っている土岐を睨みつけた。

「他人聞きの悪いことを言わんとって欲しいでんなあ。入れ知恵ちゅうのは、ちいと響きが悪るおっせ」

土岐が心外だと反論した。

「わたいは困ってはる典膳正はんに、一人で背負うことおまへんとお慰めの言葉をかけただけでっせ」

「ぬけぬけと……」

「まあ、落ち着け」

怒りを見せる枡屋茂右衛門を鷹矢が抑えた。

「ですが……」

「わかっておる。たしかに問題のある対応ではあった。だが、あのまま南條蔵人を抱えこんでいては、拙者の身動きが取れなくなった」

「…………」

鷹矢の話に枡屋茂右衛門が黙った。

南條蔵人を取り戻したのは、霜月織部と津川一旗という松平定信の手の者である。

霜月織部は、朝廷から出された検非違使を当て落として、蟄居謹慎している南條蔵人を連れ出している。これはどう言いつくろっても罪であった。

その罪の中心が鷹矢のもとにある。

「東城典膳正が、他人を使って取り返した」

こう言われてもしかたない。

なにせ、南條蔵人は鷹矢の役屋敷を襲い、その場で捕縛された。禁裏付は朝廷目付でもある。公家の犯罪を取り締まるのも役目の一つなのだ。

本来ならば、南條蔵人は鷹矢のもとで取り調べを受け、背後の関係を含めた事情を聴取された後、幕府からどのような罰を与えるかの決定が下された。

公家は天皇の家臣になるが、その禄は幕府のまかないを受けているため、改易や減禄などの処置を下すことはできる。

幕府からの咎めが決定した後、家系断絶、家格降格などの処分が朝廷から下される。

公家への罰則はややこしい。

もちろん、幕府はなにもしないで、朝廷からだけとか、その逆もあるが、かなり面倒であった。

ただ、手柄には違いない。とくに松平定信の思惑で京へやられた鷹矢としては、なにもしないでいるという選択肢はない。

本人が実際はどう考えているかなどは、かかわりなく、世間は鷹矢が手柄欲しさにやったと思う。

少し考えれば、そんなもろばれになる馬鹿を、幕府役人、それも海千山千の公家の相手をする禁裏付がするはずもないとわかるのだが、それを鷹矢追い落としの、ひいては松平定信の足を引っ張るために使おうとする者は出てくる。

「検非違使に暴力を加えた。そのような者が、禁裏付では困る」

朝廷と幕府の仲立ち役である武家伝奏(ぶけてんそう)あたりから、そう訴えが出たら鷹矢は終わる。

「不都合あり」

「ふさわしからざるおこない、これあるによって」

幕府得意の罪を明らかに言わず、なんとなく匂わす形で鷹矢を罷免、江戸へ連れ戻したうえで罪を背負わせる。

「松平越中守さまのお指図で」

などと喚いたら、よりまずい。

権力者ほど責任を取らない。当人を切ってことは糊塗される。

「なにを考えてますねんやろ、そのお旗本は」

枡屋茂右衛門が霜月織部と津川一旗の行動に首をかしげた。

「松平越中守さまのお指図を受けて京へ来たんなら、典膳正はんのお味方ですやろう。そのお味方が、典膳正はんを追い詰めるようなまねを」

「それが目的なのだろう」

「ですやろうなあ」

疑問を呈した枡屋茂右衛門に、鷹矢と土岐が合わせるようにため息を吐いた。

「…………」

枡屋茂右衛門の表情が厳しいものになった。

「松平越中守さまが、典膳正はんを切り捨てにかかってきた……」

「そこまでやおまへんやろ」

土岐が枡屋茂右衛門の推測を否定した。

「なんでそう言えるねん」

遠慮なく枡屋茂右衛門が土岐に訊いた。

「典膳正はんを辞めさせるんやったら、そんな迂遠な手は要りまへんやろ。形だけ昇進させて江戸へ呼び返せばええ」

「たしかにそうやけど……ほな、なんでこんなことを」

「警告でっしゃろ。これ以上は許さへんでという、越中守はんの脅し」

理由を問うた枡屋茂右衛門に土岐が告げた。

「脅し……」

ちらと枡屋茂右衛門が鷹矢を見た。

「おそらく、そうだろうな」

鷹矢も認めた。

「一つまちがえたら、典膳正はんは終わりまっせ。それを警告やなんて、なにを考えてはりますねん、越中守さまは」

小さく枡屋茂右衛門が首を横に振った。

「このていどのことが処理できないようでは、やはり使えぬゆえ、辞めさせて別の者を送りこもうというところだと思う」

「愚かなことをなさる」

枡屋茂右衛門が大きく嘆息した。

「もどかしいのであろうな。江戸から京は遠い」

松平定信の考えを鷹矢が推測した。

「遠くて当たり前ですがな。わかっていて典膳正はんを京へやられたんでしょうが」

「すぐに指図ができないということに、今更気づかれたのだろう」

「今更過ぎますで」

嘆く鷹矢に、枡屋茂右衛門があきれた。

「そんなもんでっせ。お偉いはんは。実際を知らず、紙か伝聞でしかものごとを知らはれへん」

感情のない声で土岐が言った。

「掃除するには、雑巾がいるとは知ってはりますけどなあ、その雑巾をどうやって作るかを知らはらへん。雑巾ちゅう布があると思ってはる」

「雑巾は、そうじゃないのか」

土岐のたとえ話に鷹矢が反応した。

「ほら」

「ふむう」

土岐が苦笑し、枡屋茂右衛門がうなった。

「あとで南條の姫はんにでも訊いておくれやす。説明するのは面倒でっさかいな」

「そうしよう」

土岐に言われた鷹矢がうなずいた。

「松平越中守さまのお考えを汲んで拙者がどうするかを確認して、今後を決めようと考えたのだろうな」

鷹矢が霜月織部と津川一旗の思惑を読んだ。

「ということは、お二人のお旗本もご存じやと」

枡屋茂右衛門が尋ねた。

「見張ってはりますよってなあ」

土岐が首肯した。

「問題は、合格したかどうかやと」

「それはどうでもいい」

質問した枡屋茂右衛門に、鷹矢が首を左右に振った。

「どうでもええ……」

「いつお役なんぞ辞めてもいいからな。もう、十分だ」

鷹矢が肩の力を落とした。

「……」

「辞める気ですか」

土岐が黙り、枡屋茂右衛門が息を呑んだ。

「拙者はいい。幕府から禄をもらっている旗本である。上様のお指図であるならば、どのようなお役目でも果たすよう、全力を尽くすのが本分であるし、そのために無役のときでも家禄を頂戴している」

鷹矢が続けた。

「しかし、布施どの、温子どのにかかる負担が尋常ではない。布施どのは攫われたうえに、殺されかけた。温子どのは、自らだけでなく二度にわたって父を利用された。これ以上は……」

最後まで言わなかったが、鷹矢が怒気を露わにした。

「……」

「わかりまする」

無言のままの土岐と、納得した枡屋茂右衛門との対比が生まれた。

「だからといって、南條のお姫さまには帰るところがない。そして布施さまは帰られない」

枡屋茂右衛門が述べた。

温子の実家はまちがいなく潰れる。母と姉は実家に避難しているが、南條家没落の一助になった温子を迎え入れてくれるとは思えなかった。

また、父から鷹矢と婚姻しろと送り出された弓江もおおもとは主命だけに、途中で放り出して逃げ帰ることはできなかった。

「拙者が禁裏付を解かれて、江戸へ帰るとなれば、布施どのと温子どのも同行できる。さすがに江戸まで手出しをしてくることはないだろう」

鷹矢が述べた。

「お二人だけ、江戸へとはいきまへんか」

黙っていた土岐が口を開いた。

「お二人とも典膳正はんを残して、己だけ安全なところへなんぞ、無理ですやろう」

枡屋茂右衛門が否定した。

「ですわなあ」

土岐が天を仰いだ。

「なんで典膳正はんにこだわりますねん」

枡屋茂右衛門が土岐の顔を見た。

「……主上がなあ、お気にいってはりますねん。今までの禁裏付で唯一まともに話ができると」

「今までの禁裏付と主上がお話を……」

鷹矢が疑問を口にした。

天皇は清涼殿の奥に住まいして、まず姿を現さない。公家でさえ、天皇の顔や声を知らないのが普通である。さすがに京都所司代は赴任と離任、正月の祝賀で参内し、天皇と謁見はするが、御簾ごしであり、顔を見ることはできなかった。もちろん、会話など決まり切った挨拶以外は許されない。

「主上は、ご即位なさるまで閑院宮家の皇子であられましたやろ。それもかなり型破りなお方でな、禁裏付を禁中で見かけはられたら、わざわざお近づきになってお声をかけはるんですわ」

土岐が語った。

「ということは、黒田伊勢守とも」

「一度や二度、お話はされてると思いまっせ。まあ、お名前が全然出てけえへんとこみたら、お気に召さんかったか、どうでもええか、ちゅうとこですやろうが」

驚いた鷹矢に土岐がうなずいた。

「まあ、禁裏付など、そもそも朝廷への嫌がらせでしかないからな」

「ですなあ」

「まったく」

ため息交じりに言う鷹矢に土岐が賛意を示し、枡屋茂右衛門があきれた。

「でなければ、抜き身の槍を振り回して洛中を行列などせぬわ」

鷹矢が吐き捨てた。

「で、本日の黒田伊勢守さまのご様子はいかがでしたか」

枡屋茂右衛門が問うた。

「気持ち悪いとしか言えまへんわ。浮かれてまあ」

土岐が眉間にしわを寄せた。

「……典膳正さま」

黙っている鷹矢を枡屋茂右衛門が急かした。

「勝ち誇ってくれただけよ。おまえが手に入れられなかった栄光を、手にしたと。選ばれたのは拙者であったとな。これで幕府で出世するも、朝廷に恩を売るも自在だと」

思い出した鷹矢が嫌そうに告げた。

「それは、また」

枡屋茂右衛門がなんともいえない顔をした。

「舞い上がるのはよろしいけどなあ、足下がお留守になったら転けますのに」

土岐がまた嗤った。

二

相国寺に近い禁裏付役屋敷で、黒田伊勢守は浮かれていた。

「勧修寺権中納言さまより、お使者が」

朝、起き抜けにつきあいのある勧修寺権中納言から報せが入った。

「蟄居閉門中の公家屋敷が荒らされ、当人が行方知れずになった」

検非違使別当でもある勧修寺経逸は武家伝奏の家柄でもあり、黒田伊勢守を担当している。

「なんと……」

「見つけ次第にお報せいただきたく」

驚く黒田伊勢守を残して、使者は帰っていった。

その直後、門番小者から報されたのが、表門前に捨てられた南條蔵人であった。

「南條蔵人だと……」

まだ気を失っている南條蔵人を一応、座敷牢へと封じた黒田伊勢守が思案した。

「身動きできない状態だったということは、誰ぞに運ばれてきた」

黒田伊勢守が推測した。

「……首からかかっていたこれが本物だとしたら、運が転がりこんできた」

首からぶら下げていた南條蔵人と書かれた紙を黒田伊勢守はなんども確かめた。

「事情を訊きたいところだが」

だが、黒田伊勢守が禁裏付役屋敷を出るまで南條蔵人は意識を回復しなかった。

「直接、余が取り調べるゆえ、他の者は近づくな」

なぜ屋敷の前に捨てられていたのか、誰に縛られて首から名札をかけていたのかなど訊きたいことは山ほどあったが、相手が話せなければどうしようもない。怪しいと思っててもときがくれば仕方ない。

黒田伊勢守は南條蔵人を隔離して、禁裏へと出た。

そこでより深い事情、南條蔵人が京都所司代から検非違使に引きとられた後、盗賊らしき者に連れ去られたらしいと聞いた黒田伊勢守は、なにかと反発することの多い鷹矢へと嫌味をぶつけた。

「目が覚めたか」

それでも誰かしらの意図があるとの不安は残る。じりじりする思いで仕事をこなし、禁裏付役屋敷へ戻った黒田伊勢守は着替えをする間も惜しんで、座敷牢へと急いだ。

「……黒田伊勢守」

公家で禁裏付の顔を知らない者はいなかった。南條蔵人が呆然とした。

「ここは……」

「相国寺の禁裏付役屋敷じゃ」

南條蔵人の問いに、黒田伊勢守が答えた。

「そんな阿呆な。麿は百万遍におったはずや」

「百万遍……己の屋敷ではなかったのか」

「屋敷から連れ出されて、百万遍へ」

訊かれた南條蔵人が告げた。

「詳しく話せ。偽りや省略は許さぬ」

「京都所司代へ……」

脅された南條蔵人が経緯を語った。

「…………」

聞き終わった黒田伊勢守が沈黙した。

「……典膳正めえ、押しつけたな」

しばらくして、黒田伊勢守が呪うような声を出した。

「ひえっ」

そのおどろおどろしさに、南條蔵人が悲鳴をあげた。

「……どうしてくれよう」

黒田伊勢守が怒りのこもった目で南條蔵人を睨みつけた。

「押し返すことはできぬ」

なにせ、禁裏で鷹矢を嘲弄（ちょうろう）したばかりだ。

「経緯を明らかにもできぬ」

黒田伊勢守が苦虫を嚙み潰したような顔をした。

禁裏で検非違使を排除して逃亡した南條蔵人を捕まえたと自慢してしまったのだ。

それをじつは鷹矢が捨て猫よろしく置いていったのを、拾っただけですなどと言えるはずはなかった。

「頼りにならぬ」

「もらいものを手柄にするとは、なんとも武家は卑しいものよ」

名誉だけで生きている公家が、黒田伊勢守をどのように評価するかは、言わずともわかっている。

そもそも他人の手柄を吾がものにする拾い首は戦場でも卑しい行為として嫌われて

いる。

公家たちを脅しつけ、幕府の力を見せつけねばならない禁裏付が、鼻で笑われる。それがなにを意味するか。

「黒田伊勢守、そのお役に合わず」

京都所司代から幕府へ連絡が行き、

「江戸へ戻れ」

禁裏付を罷免されて、江戸へ召喚される。

役目で失敗した旗本の復帰は、まず望めない。なにせ役目に就きたい旗本は万の数でいるが、与えられる役目は千に満たないのだ。よほど権門の引きがあるか、本家が有力な大名でもなければ、一度の失敗で出世の道は断たれる。

「二条大納言さまに頼まれたのだな、最初は」

「そうや、娘を一人差し出せ。あたらしく赴任してきた禁裏付を籠中のものにするんやと」

黒田伊勢守の確認に南條蔵人が応じた。

「典膳正を二条大納言さまの下に入れようとしたわけだな」

「たぶん」

「そこまで知らされておらんか」

小者めと黒田伊勢守が南條蔵人を蔑んだ。

「しゃあないやろ。六位の弾正尹なんぞ、五摂家から見たら猿と一緒じゃ」

南條蔵人が膨れた。

「で、それがなぜ敵対に変わった」

怒る南條蔵人を無視して黒田伊勢守が質問を続けた。

「……知らん」

南條蔵人が首を左右に振った。

「いつのまにか、敵扱いになってた」

「ふうむ。その結果が、禁裏付役屋敷への押し入りか」

「…………」

黒田伊勢守に言われた南條蔵人が目を伏せた。

「そなたがしてきたことはわかった。もう一つ訊かせよ。百万遍でそなたと典膳正はどんな話をした」

「娘を泣かすなと言われただけじゃ」

南條蔵人が横を向いた。

「そうか」

首肯して黒田伊勢守が背を向けた。

「待ってくれ。麿はどうなんねん」

処遇を南條蔵人が尋ねた。

「…………」

答えず、黒田伊勢守が去っていった。

「なんでじゃあ、なんで麿がこんな目に遭わなあかんねん」

南條蔵人が座敷牢で泣き崩れた。

松波雅楽頭は、顔色をなくしていた。

「なんで、南條が黒田伊勢守のところに」

今朝一番に勧修寺経逸から、南條蔵人が逃げ出したという報せが来た。

「それは朗報や」

最初松波雅楽頭は、歓喜した。

「逃げ出した最中になにがあっても、おかしいないわな」

赤狩衣が見張っている屋敷に忍びこんで、南條蔵人を殺すより、守りを失って町のなかをうろついているほうが簡単である。

「桐屋に闇を頼んだけど、町中にいるとなれば、そのへんの無頼でも十分や」

つごうが良いと喜んだ松波雅楽頭の上機嫌は、半日もたなかった。

「南條蔵人を黒田伊勢守が捕まえたそうやで」

「…………」

朝議から帰ってきた二条大納言から、冷たく言われた松波雅楽頭が絶句した。

「勧修寺権中納言さまから頼んでもらうか」

松波雅楽頭はあわてて勧修寺経逸の屋敷へと向かった。

「そこまで面倒見られへんわ」

勧修寺経逸の対応は冷たかった。

「検非違使別当であろう。罪人の引き渡しを求めて当然である」

「麿に黒田伊勢守に頭を下げよと」

松波雅楽頭の言葉に、勧修寺経逸が声を低くした。

「権大納言への推薦がどうなっても……」

「約束を二条大納言さまが破らはると」

褒美を無にするぞと脅した松波雅楽頭を、勧修寺経逸が睨みつけた。

「麿は言われたことを果たしたぞ。京都所司代から南條蔵人を引き取り、屋敷で蟄居謹慎させた。見張りも麿の持ち出しで付けた」

「逃げられたやないか」

「麿が約束したのは、そこまでや。そこからはそっちの仕事やろ」

言い返した松波雅楽頭を勧修寺経逸が一蹴した。

「せやけどな……」

「右大臣はんのところへ行くで」

まだ言い募ろうとした松波雅楽頭だったが、勧修寺経逸の一言で黙らされた。

右大臣とは五摂家の一人、一条右大臣輝基(いちじょううだいじんてるもと)のことだ。二条大納言と歳も近く、なにかと競争する相手であった。

「麿が先に昇殿したというに」

一条右大臣は二条大納言よりも家督相続が遅かったが、官位は抜かしている。それを二条大納言は随分と気にしていた。

「……なんとかお願いでけへんやろうか」

辞を低くして松波雅楽頭がもう一度頼んだ。

「准大臣やな」

勧修寺経逸が代償を要求した。

「無茶や」

松波雅楽頭が息を呑んだ。

准大臣とは、大臣に準ずる位である。内大臣や左大臣、右大臣のような監督すべき権はないが、朝議での席順は高くなる。なにより、本来勧修寺家では届かない地位なのだ。もし、勧修寺経逸が准大臣に任じられれば、勧修寺家の極官が大納言から、准大臣へと上ってしまう。それは公家にとってなによりの名誉である家格の上昇に繋がっていた。

「ほな、帰り」

あっさりと勧修寺経逸が手を振った。

「一度御所はんとお話をせなあかん」

「なんぼでもしておいで。結果が出るまで、麿はなんもせえへんよってなあ」

勧修寺経逸が松波雅楽頭を追い返した。

五摂家相手に条件を引き出せたと言えば聞こえも良いが、昇格が認められたわけではない。死人を生き返らせるほうが簡単かもしれないというのが、公家の家格上げであった。

「御所はん……」

「ええ話しか聞かへんと言うたはずや」

松波雅楽頭が何かを言う前に、二条大納言が拒絶を告げた。

「へえ」

そう言われては下がるしかない。松波雅楽頭が肩を落とした。

「こうなれば……桐屋に頼んでみるしかないの」

松波雅楽頭が桐屋の京出店へと急いだ。

「……ううん」

駆けこんできた松波雅楽頭から相談という名の泣きつきを受けた桐屋利兵衛がうな

った。

「難しいでんなあ。黒田伊勢守さまに頼みごとをするだけのつきあいがおまへん」

　桐屋利兵衛が首を小さく横に振った。

「それぐらい、どうにでもできよう」

「できないことはおまへんけどなあ……」

　さらに求めてくる松波雅楽頭を桐屋利兵衛が窺うように見た。

「……なんや、その顔は」

「わたくしは商人でございますよって」

「利を出せと。御所出入りの看板を約束したやろうが」

　松波雅楽頭が桐屋利兵衛を睨んだ。

「それは闇を紹介する代償ですが……」

「別に寄こせと言うか」

「…………」

　強欲だと言いたそうな松波雅楽頭に、桐屋利兵衛が黙った。

「十分やろうが、歴史もない、大坂の店が御所出入りを一代でいただくなど、そうそうあるこっちゃないぞ」

「…………」

桐屋利兵衛が無言を続けた。

「あまり欲を出さんほうがええぞ。身のほどを……」

「……身のほどを知ってますよって、禁裏付さまなどというお偉いお役人さまとおつきあいはできかねると申しあげておりますねん」

怒る松波雅楽頭を桐屋利兵衛があしらった。

「…………」

「闇はどないします」

「要る。どうしても南條蔵人は片付けなければならへん」

あきらめるかと問うた桐屋利兵衛に、松波雅楽頭が言い張った。

「ほな、手配を続けますよって、これで」

利のない客の相手は無駄にしたくない。桐屋利兵衛が暗に帰れと松波雅楽頭に伝えた。

「……なにが欲しい」

松波雅楽頭が桐屋利兵衛の要求を尋ねた。

「黒田伊勢守はんとお話をする代償ですか」

「そうや」

わざとらしく確認した桐屋利兵衛に、松波雅楽頭がうなずいた。

「七位でよろしいよって、位階を」

「増長するな」

官位が欲しいと言った桐屋利兵衛を松波雅楽頭が怒鳴りつけた。

「卑しき商人の身で位階を欲しがるなど、厚かましいどころの騒ぎやないわ」

松波雅楽頭が真っ赤になった。

「あきまへんか」

「当たり前じゃ」

ため息を吐いた桐屋利兵衛へ松波雅楽頭が息を荒くしながら告げた。

「血筋にご不満がございますねんな」

桐屋利兵衛が嘆息した。

「公家の血筋は、貴きところに繋がっとるわ。商人なんぞ、三代も遡れまいが」

松波雅楽頭が吐き捨てた。

「ほな、わたくしが位階をもらうのはあきらめまっさ」

「当たり前じゃ」

降参やと両手をあげた桐屋利兵衛に松波雅楽頭が強く述べた。

「ところで、売りに出ているお公家はんのお姫さまをご存じやおまへんか。できれば跡継ぎの男はんがいないお家を」

桐屋利兵衛が話を変えた。

「……いてるやろう。誰がと今言われてもわからんけどな」

「ほしたら、そのお方を紹介していただくというので、いかがですやろ」

一気に桐屋利兵衛が要求を下げた。

貧乏公家が娘を妾として武家や商人に売り渡すのは、ままあることであった。

「わかった。それならええ」

松波雅楽頭も認めた。

「ほな、早速、ご挨拶に出向きます」

黒田伊勢守のもとを訪ねると、桐屋利兵衛が言った。

札をどのように切るか。それで役人としての出世は変わる。

三

「では、お先に」

「ああ、お待ちあれ」

御所を下がろうとした鷹矢を、黒田伊勢守が止めた。

「なんでござろう」

鷹矢が首をかしげた。

「ご老中松平越中守さまと、どのようなお約束をなされておられたかをお伺いいたしたい」

「……なんのことでござろうか」

黒田伊勢守の要求に、鷹矢が戸惑った。

「お隠しあるな。貴殿が越中守さまの内意を受けて、禁裏付となられたのは周知の事実。そして、その内意が大御所称号を上様の父君一橋民部さまにお許しいただくこと、違いますかな」

「たしかにそのように努力いたせとは、江戸を離れるとき、仰せつかっております
る」

確かめた黒田伊勢守に、鷹矢はうなずいた。

「なれば、ことをなしたときの褒賞のお話もございましたでしょう」

「褒賞……はて、そのようなことは」

さらに突っこんできた黒田伊勢守に、鷹矢は困惑した。

「そのようなはずはございますまい。ことをなせば褒美をいただく。信賞必罰こそ、
政の基本。さあ、お明かしあれ」

黒田伊勢守がふたたび求めた。

「いや、まったくそのようなお話は……」

「あくまでもしらを切られるか。となると、よほどのものでござるな。加増、それも
数百石ではない千石以上……いや、出世か。禁裏付からは遠国奉行へ転じる者が多い
となると、大坂町奉行、まさか、長崎奉行か」

否定する鷹矢を無視して、黒田伊勢守が一人で推測しだした。

「そうか、長崎奉行じゃな。長崎奉行は遠国奉行の筆頭、千石高でありながら、役料四千四百二俵、役金三千両と破格の手当が出る。三年長崎奉行をやれば、孫子の代まで喰えるという……」

「伊勢守どの、なにを言われておる」

一人で妄想を始めた黒田伊勢守に鷹矢が声をかけた。

「……そして大御所は上様のお望み。そのお望みを果たしたとあれば、上様のお覚えもめでたく、長崎奉行をした後も安泰である。作事奉行か、普請奉行……いや、勘定奉行への抜擢もある。勘定奉行ともなれば三千石じゃ」

黒田伊勢守の興奮が増した。

「ごめん」

つきあいきれぬと鷹矢は、一人で夢に浸っている黒田伊勢守を残して、御所を後にした。

「待たせた」

御所を出た鷹矢は、檜川に手をあげて、駕籠へ乗りこんだ。

「ご出立」

檜川の合図で、駕籠が動き出した。

といったところで、百万遍まではいくらもない。乗ったと思えば、もう到着する。

「お帰りい」

先導の前触で、禁裏付役屋敷の表門が引き開けられた。

「お戻りなされませ」

いつものように弓江が玄関式台で迎えた。

「お帰りなさいませ」

その横に温子もいた。

「うむ」

満足げに鷹矢はうなずいて、駕籠から降りた。

南條蔵人を黒田伊勢守の役屋敷の前に捨ててから、鷹矢は温子と二人きりで話をした。

「江戸へ来い」

問うのではなく、鷹矢は命じた。

「よろしいんでございますか」

「頼んでいるのではない。そなたを連れて帰る」

訊き返した温子に、鷹矢が告げた。

「あの布施さまは……」

「江戸の女ぞ。布施どのは」

問いかけた温子へ、当然同行すると鷹矢が答えた。

「……持ちこし」

「なんだ」

温子の呟きに鷹矢が反応した。

「いえ、お気になさらんと。わかりました。江戸へお供いたします」

温子がうなずいた。

「すまぬが……」

「…………」

言いかけた鷹矢を、温子が首を横に振ることで止めた。

「父のことなら、もう前にすんでますよって」

わざと京言葉で笑いながら、温子が口にした。

「あのとき、ここへ躍りこんで殿さまを嵌めようとして失敗したとき、父は死にました。死人を二度死なせることはできませぬ」

口調を一気にあらためて、温子が決別を断じた。

「わかった」

鷹矢はうなずいて温子の肩に手を置いた。

そのとき温子の肩が小さく震えているのを鷹矢は感じていた。

だが、あの日以降温子は以前より明るく、身を隠すこともしなくなっていた。

「なにかあったか」

駕籠から降りた鷹矢が、いつもの問いを発した。

「お客さまがお出でてございまする」

弓江が告げた。

「客……枡屋どのか」

鷹矢には客として来る者の心当たりがなかった。

「それが、桐屋利兵衛と名乗る商人でございまする」

困惑を見せながら弓江が答えた。

「桐屋……大坂商人の桐屋か」

すぐに鷹矢は思いあたった。

「ご存じよりでございましたか」

「顔と名前を知っているくらいだ。直接話したことはない。錦市場を乗っ取ろうとして、いろいろ画策している者よ」

知り合いならば問題ないと安心しかけた弓江に、鷹矢が苦い顔を見せた。

「なんとっ」

弓江が目を剝いた。

「ただちに追い返しましょう。温子どの」

「はい」

弓江と温子が顔を見合わせた。

「待て。なにをしに来たか、聞いてからでも遅くはない」

鷹矢が二人を制した。

「危険ではございませぬか」

弓江が気遣った。

「武者隠しに檜川を控えさせる」

客間には目立たないように作られた小部屋が付随していることが多かった。出入り口も襖や壁に偽装してあり、見た目ではそこに小部屋があるとはわからない。そこに信頼の置ける家臣を入れ、客間で万一のことがあったときの備えとするのだ。

「では、檜川どのを」

温子が行列を解散させている檜川へ指示を伝えにいった。

「着替えを」

「はい」

鷹矢が弓江を促した。

禁裏付は衣冠束帯を身につけている。これは礼服であって、客と会うときの姿としてはふさわしくない。また、客が鷹矢より格上の場合だと、大急ぎで用意をしなければならないが、商人相手ならば小半刻（約三十分）くらい待たせても問題にはならなかった。

「東城典膳正である」

ゆっくりと着替えたうえ、白湯で喉をうるおしてから、鷹矢は玄関にほど近い格式の低い客間へ入った。

「お約束もなく、突然押しかけましたこと、深くお詫びいたしまする。桐屋利兵衛でございまする」

桐屋利兵衛が平伏して、謝罪をした。

「うむ。で、本日は何用じゃ」

鷹矢が早速用件を訊いた。

「お目通りを願いましたのは、こちらに南條蔵人さまがおられると伺いました」

「南條蔵人だと。当家にか」

「はい。そのような噂を耳にいたしました」

驚いた鷹矢に、桐屋利兵衛が応じた。

「はて、そのような噂を耳にしたことはないが、どこで聞いた」

「巷（ちまた）で噂になっておりまする」

桐屋利兵衛がぬけぬけと答えた。

巷の噂と言われれば、調べようはなかった。それ以上鷹矢は問いただすわけにはいかなくなった。

「待て、南條蔵人はたしか、検非違使によって蟄居させられていたのを、逃げたか奪われたかしたはずだ。それが、なぜ禁裏付の吾のもとにいるとなる。もしそうならば、吾は朝廷に刃向かった重罪人になるぞ」

鷹矢が疑問を口にした。

「わたくしにはわかりませぬ」

「わからぬのに、来たと」

あくまでも噂に従ったと述べた桐屋利兵衛に、鷹矢が鋭い目を向けた。

「商人というのは、風の噂でも気になることがあれば、直接確かめるものでございまして」

桐屋利兵衛が平然としていた。

「そうか。吾の知る商人と、そなたは違うようだ」

鷹矢が苦い顔をした。

「先ほども言ったように、当家にそのような者はおらぬ。無礼の段は見逃してくれるゆえ、早々に立ち去れ」

「となりますと……」

手を振った鷹矢を気にせず、桐屋利兵衛が続けた。

「禁裏付まちがいでございますか」

「なんだと」

桐屋利兵衛の独り言に鷹矢が反応した。

「いや、黒田伊勢守さまでございましたか、もうお一方は。そちらに南條蔵人さまがおられるというのが、どこかで入れ替わって東城典膳正さまとなったのでございましょう。いや、噂というのは怖ろしいもので。お手間を取らせましてございまする。失礼をいたしまする」

言うだけ言った桐屋利兵衛が帰っていった。

「なんだったのだ」

残された形の鷹矢が首をかしげた。

「枡屋さまをお呼びいたしましょうか」

商人のことならば商人に訊けばと武者隠しで控えていた檜川が、姿を表して問うた。

「そうだな。頼む」

「はっ」

鷹矢の指図を受けて、檜川が駆けていった。

一刻（約二時間）ほどで枡屋茂右衛門が顔を出した。

「桐屋が参ったようでございますな」

枡屋茂右衛門が座るなり口を開いた。

「聞いてくれたか」

道中の間に武者隠しで聞いていた檜川が話をしていたらしく、説明が省けたことに鷹矢は安堵した。

「どう思う」

「噂なんぞ、流れてまへん」

枡屋茂右衛門が首を左右に振った。

「大坂者（もん）に京雀が噂で負けることはおまへん。わたくしが知らんちゅうことは、そんな噂はないということで」

「なるほど」

みょうな枡屋茂右衛門の自負に、鷹矢が笑った。

「では、なんのためだと」

「嫌がらせをするほど暇ではないと思いますけど……」

落ち着いて枡屋茂右衛門が思案を始めた。

「……典膳正はん、桐屋は帰りしなに黒田伊勢守さまがどうのこうのと申したと聞きましたけど」

「ああ。吾でなくば黒田伊勢守だろうと、言っていたな」

枡屋茂右衛門の確認に、鷹矢がうなずいた。

「それですやろ」

「どれだ」

声をあげた枡屋茂右衛門に鷹矢が怪訝な顔をした。

「端(はな)から、桐屋の目的は伊勢守はんやったんと違いますか。典膳正はんと同様、伊勢守はんと桐屋は面識がおまへん。商人にとって禁裏付はんは、会うだけの意味がない」

「だろうな」

枡屋茂右衛門の意見に鷹矢が同意した。

「でも、どうしても会わなければいけなくなった。そこで、いきなり伊勢守はんを訪れるんやなくて、典膳正はんを訪ねた。これで桐屋は典膳正はんに会えたと伊勢守はんに言えます」

「わけがわからぬ」

「伝手を作ったんやないかと」

首をかしげた鷹矢に枡屋茂右衛門が述べた。

「伊勢守はんは、典膳正はんと対抗してはりますな」

「ああ。先日も松平越中守さまとの間に、どのような約束があるのかをしつこく訊いてきたわ」

鷹矢が認めた。

「褒美を確かめた……」

「たぶんな。なにせ、手元に格は低いとはいえ、御所に勤めていた六位の蔵人を捕まえているのだ。さすがに六位一人くらいで、大御所称号を勝ち取れるわけはないが……」

朝廷は厳格な階級で成りたっている。基本、公家として貴ばれるのは三位以上であり、四位以下はものの数には入らない。六位なぞ、それこそどうでもいい扱いになる。

「……突破する一助にはなる。越中守さまも功績として認められるだろう。一番槍みたいなものだからな。大物を倒したわけではないが、誰も果たせなかった禁裏への攻撃をなしたのだ。これを認めねば、今後、越中守さまの命に従って命を賭けようという者は出てこなくなる」

「大した手柄ではおまへんが、大仰に褒めなあかんと」

枡屋茂右衛門が簡素にまとめた。

「だの」

「どのていどの褒美がもらえますねん」

「さあな」

「ご存じないとは。売り値を買い主に任せた商いと一緒ですがな」

肩をすくめた鷹矢に、枡屋茂右衛門があきれた。

「しかたあるまい。ご老中さまのお指図だぞ。断りも条件も付けられまい」

「……あきまへんで、姫さま」

答えた鷹矢にため息を吐いた枡屋茂右衛門が、同席していた温子に話しかけた。

「まったく」

温子が指で眉間をもみほぐした。

「……なにがいけませぬのか」

弓江が困惑していた。

「お武家はんは、そうなのかも知れまへんなあ」

枡屋茂右衛門が鷹矢と弓江の様子に納得した。

「禄が保証されてるんは、いざというときのためやいうものやということですか」

温子が枡屋茂右衛門に確認を求めた。

「でしょうなあ」

「公家とは違うなあ」

京生まれ、京育ちの二人が顔を見合わせた。

「公家も禄であろうが」

鷹矢が温子を見た。

「でおますけど、なんぞ頼まれたときは、見返りをもらうのが当たり前。なにせ、禄だけでは食べていけまへんよってに」

「……………」

実際に温子という人身御供の例があるのだ。鷹矢は反論できなかった。

「伊勢守はんは、京に長いんですな」

「まだ十年にはならぬが、相当長いはずだ」

枡屋茂右衛門に問われた鷹矢が首肯した。

「公家の意識に染まっても無理はおまへんか」

黒田伊勢守の言動を枡屋茂右衛門が解析してみせた。

「京は強うおますから。足利の将軍が京の室町に幕府を作らはったために、滅びたのも同じですやろ」

温子が嘲笑した。

「愚かだな」

鷹矢が大きく息を吐いた。

「なにがで」

「松平越中守さまが、褒賞をねだられてそれに応じるはずなどないというに」

訊いた枡屋茂右衛門に鷹矢が苦笑した。

「信賞必罰ではないと」

「手柄を申告したのが、拙者であれば褒賞もあり得たが、黒田伊勢守ではな」

「なぜでございましょう」

弓江も不思議そうな顔をした。

「伊勢守は京に長い。大御所称号騒動にも最初からかかわっている。拙者を派遣して尻に火が付いてから手柄を立ててくるなど、今まで手を抜いていた、あるいはなにもしなかったという証でしかない。松平越中守さまは厳しいお方じゃ。これを許されるはずはない。それこそ、江戸へ召喚して、評定所だな」

評定所は大名、旗本の処罰を明らかにする場所である。鷹矢は黒田伊勢守の行く末は暗いと言った。

「そのことは……」

「教えてやるはずなかろう。敵に塩を送るなど話のなかだけで十分」

尋ねた枡屋茂右衛門に、鷹矢は否定した。

「なら、まちがいなく桐屋と黒田伊勢守さまはお会いになりますなあ」

枡屋茂右衛門が、最初のことに話を戻した。

「初対面の商人だぞ。まず用人が応対するのが普通」

「当家に用人はおりませぬ。だから、典膳正さまがいきなりお目通りを許されるなどという、おかしなことになっておるのでございまする」

通常のことを口にした鷹矢に弓江が険しい顔をした。

「……………」

そのとおりなので、鷹矢は黙るしかなかった。

「典膳正はんと話をしたと言ってくれれば、無視できまへん。どんな話があったのか、聞きたいはず」

弓江に睨まれている鷹矢を放置して、枡屋茂右衛門が述べた。

四

禁裏付役屋敷を見張っていた津川一旗が、迎えに出たらしい檜川と共に急いで屋敷へ入っていく枡屋茂右衛門を見ていた。

「随分、あわてておるな」

津川一旗が呟いた。

「先ほど帰っていったのは、商人のようであったな」

江戸へ往復していた津川一旗は、桐屋利兵衛の顔を知らなかった。

「あの商人が帰るなり、東城の家士が屋敷を出て、枡屋茂右衛門を連れて戻って来た。ふむ、なにかあったな」

津川一旗が一人でうなずいた。

相役の霜月織部は、南條蔵人が捕まっている相国寺前の禁裏付役屋敷を見張りにいっている。

「まさか、南條蔵人を黒田伊勢守に渡すとは……」

津川一旗が独りごちた。

南條蔵人を屋敷から連れ出し、鷹矢にふたたび渡すことで、どのような反応をするか確かめ、また松平定信のためにならないような行動を執るならば、その命を奪うしかないと考えた津川一旗と霜月織部の思惑は、大きく外された。

南條蔵人を検非違使に返す、あるいは京都所司代戸田因幡守へ引き渡すなどをした場合、鷹矢は松平定信の役に立たないとして、排除すると二人は決めていた。

それが同じ禁裏付の黒田伊勢守の屋敷前に捨てて、拾わせた。これは世慣れた徒目付だった二人をしても、予想外のできごとであった。

「どういう目的で、そのようなまねをしたのか」

鷹矢の真意がわかるまで、処分するかどうかの判断をつけられない。

津川一旗と霜月織部は、南條蔵人の結末を見届けるまで、鷹矢を見張ることにした。

「南條蔵人がどこへ運ばれるかも見ておかねばならぬ」

今のところ、幕府が、松平定信が朝廷相手に脅しをかける唯一の手段ともいえるのが、南條蔵人なのだ。

気がついたら殺されてましたとか、どこかに運ばれていましたとかとなっては大失態になる。

津川一旗と霜月織部は、そうでなくとも少ない人手を二つに分けざるを得なくなっていた。

「さきほどの商人が誰なのかを突き止めたいところなのだが……東城から目を離すわけにもいかぬ」

津川一旗が歯がみをしたころ、桐屋利兵衛は御所の北、相国寺門前町にある黒田伊勢守の役屋敷へ来ていた。

「まだ、大丈夫でんな」

いかに話が南條蔵人にかかわることであっても、夕餉の頃合いにかかるのはまずかった。相手の機嫌を損ねては、得られるはずだった成果を失ってしまう。

「ごめんやす」

桐屋利兵衛が、相国寺門前町の禁裏付役屋敷の潜り門を叩いた。

「東城典膳正さまとお話をさせていただいたのでございますが……」

この言葉は重く、あっさりと桐屋利兵衛は、黒田伊勢守と面談できた。

「典膳正どのと話してきたとはなんのことだ」

黒田伊勢守が問うた。

「こちらに南條蔵人さまがお預けになられているとか」

「聞いたのか、典膳正どのから」

桐屋利兵衛の言葉に、黒田伊勢守が眉間にしわを寄せた。

「…………」

わざと桐屋利兵衛は肯定も否定もせず、顔を伏せた。

「口の軽い」

勝手に鷹矢が漏らしたと考えた黒田伊勢守が吐き捨てた。

黒田伊勢守は南條蔵人のことを御所でも口にしている。そちらから聞いたという可能性を無視して、鷹矢のせいにしたのは桐屋利兵衛が鷹矢のところから来たと最初に告げたため、それしか考えられなくなっていたからだった。

「で、南條蔵人がどうした」

「ご放免をいただきたく」

訊いた黒田伊勢守に、桐屋利兵衛が要求した。

「なにを申す」

黒田伊勢守が唖然とした。

「聞きましたところ、南條蔵人さまは禁裏のお役人さまによって捕まえられ、お屋敷で蟄居閉門になられておられたとか」

「それがどうした」

「どなたさまとは申しあげられませぬが、畏れ多いことながら、わたくし禁裏のあるお方さまのもとへ出入りを許されておりまして」

「その公家から頼まれたと」

黒田伊勢守が桐屋利兵衛の先回りをした。

「はい」

桐屋利兵衛がうなずいた。

「その公家がどのくらい偉いのかは知らぬが、余は禁裏付である。朝廷目付たる禁裏付に罪人を渡せというのは、幕府を軽く見ていると考えてよいのだな」

「とんでもないことでございまする」

ていねいな口調を続けながら、桐屋利兵衛が手を振った。

「まだ禁裏付になられて日の浅い東城典膳正さまと違い、伊勢守さまは禁裏付を長くお務めでございまする。お公家衆のお心うちも十分ご存じかと」

「であるな。典膳正はまだ禁裏付に慣れておらぬ」

黒田伊勢守が同意した。

「お公家さまにとって、なにが困るかと申しまして、お身内から咎人が出ることでございまする」

血筋と名誉で生きている公家にとって、家名を汚すほど忌避されるものはなかった。

「南條蔵人の係累が困っていると。だが、あのていどの下級公家ならば、係累が恥を掻くこともなかろう。娘を売ったり、系図を書き加えたりしているはずだ」

「さすがによくおわかりで」

述べた黒田伊勢守を桐屋利兵衛が称賛した。

娘を売るのは妾に出すこと、系図を書き加えるのは金のある商人などが箔付けのために、金で公家の系譜を買うことをいう。代々の系図の端の端に、妾腹の息子や娘を増やし、そこに商人などの先祖を結びつける。

「今回は、少しお話が違いまする。かなり上のお方が南條蔵人さまを憐れだと思し召されまして」

「かなり上のお方……」

黒田伊勢守が戸惑った。

「どなたかは……」

「それはご勘弁を」

桐屋利兵衛が首を横に振った。

「しかし、それを聞かずば、そなたの申すことがまことかどうかの判断がつかぬではないか……」

少し黒田伊勢守の調子がさがった。

「そういえば、伊勢守さまはご存じございませんか。お浪という女を」

「浪……知らぬぞ。その女がどうかしたのか」

不意に話を変えた桐屋利兵衛に、黒田伊勢守が釣られた。

「典膳正さまがお捕まえになった公家の娘でございますが、ご存じなければご放念くださいませ」

鷹矢の名前を出しておきながら、桐屋利兵衛が忘れてくれと言った。

「気になるではないか。公家の娘とあれば、まんざら余にかかわりがないものでもなし」

話せと黒田伊勢守が桐屋利兵衛を促した。

「先日の騒動に関係のある……」

「待て、先日の騒動とは、南條蔵人のことであろうな」

語り出した桐屋利兵衛を黒田伊勢守が制した。

「おや、それはそれは。禁裏では仕丁でも知っておりますのに」

桐屋利兵衛がしくじったという風に、小さく笑いながら顔を伏せた。

「申せ」

一人蚊帳の外にされていると言われた黒田伊勢守が怒った。

「しかたございませんな。これは口外を禁じられているものではございませんので……」

ため息を吐きながら桐屋利兵衛が話し始めた。

「……ということで公家の出である刺客が典膳正さまに討ち取られ、その女だけが捕まったということで」

「なんということだ」

聞き終わった黒田伊勢守が唖然とした。

「砂屋楼右衛門を典膳正が討ち果たしていた……」

何年も禁裏付をしているだけに、黒田伊勢守も砂屋楼右衛門の名前を知っていた。

「その大手柄を典膳正さまは、なかったことになされたようで。いや、公家さまがたの間では、なんと奥ゆかしいとご評判に」

「砂屋のことを幕府に報せていないと」

「はい」

「なぜだ……」

黒田伊勢守が戸惑った。

砂屋楼右衛門の悪事は、それこそ何度死罪になってもおかしくないほど大きい。しかも勘当されていたとしても、公家の出には違いない。それも三位以上の高位の公家の出になる。南條蔵人の事件など比べものにならないのだ。

砂屋楼右衛門のことを松平定信に報せれば、まちがいなく大御所称号一件は幕府の有利に傾く。それを鷹矢はしなかった。

「ひょっとしたら、砂屋楼右衛門をしかたないこととはいえ、殺してしまったため、証人がいなくなったからかも知れません」

幕府は自白に重きを置いている。禁裏付が朝廷目付とはいえ、その証言だけでは弱い。まして、相手はぬらりくらりと話をかわさせたら天下一品の朝廷である。有無を言わさない証拠がなければ、逃げられる。

「朝廷を侮辱するでおじゃるか」

下手すると逆ねじを喰らわされる。

「なるほど」

黒田伊勢守が桐屋利兵衛の言葉に納得した。

「……女は逃げたのだな」

すっと黒田伊勢守の声が低くなった。

「詳しくは存じまへんが、噂によりまするといっぺん一度は捕まえたらしいのですけれど、逃げられたとか」

「ふむ、典膳正の失態か」

黒田伊勢守が口の端を吊り上げた。

「………………」

黙って桐屋利兵衛が黒田伊勢守を見た。

「その女がどこにいるかは……」

「あいにく存じません。ですので、お伺いしたわけでして」

黒田伊勢守に見つめられた桐屋利兵衛が首を左右に振った。

「どこにいそうだというくらいはわかるのであろう。お偉いお公家さまのもとへ出入りしているくらいだからな」

「わかっているのは、公家さまのどなたかがかばっているというくらいでございますよ」

桐屋利兵衛が述べた。

「その女の実家はどうだ」

「とっくに縁切りをしておりました。当然、最初に調べられて、その一門を含めて近くにはいないとわかっておりまする」

諸大夫くらいの公家ならば、桐屋利兵衛の金でどうにでもなる。小判を一枚見せるだけで、親戚だろうが隣近所だろうが、売った。

「ふうむ」

しばし黒田伊勢守が唸った。

「その女を捕まえれば、大手柄だな」

「…………」

呟いた黒田伊勢守への反応を、桐屋利兵衛は見せなかった。

「それでさきほど、典膳正はそそくさと帰ったのか」

禁裏で話しかけている最中に鷹矢がいなくなった理由がわかったと、黒田伊勢守が一人で合点した。

「桐屋と申したの」

「さようで」

「公家たちとのつきあいはあるのだな」

「多少はございまする」

黒田伊勢守の確認に、桐屋利兵衛が認めた。

「その女を探せ」

「いや、わからないのでお伺いいたしましたので……」

なにを言い出すのかと桐屋利兵衛が戸惑いを見せた。

「探せ」

それに黒田伊勢守が被せた。

「無茶を仰せになる」

桐屋利兵衛がため息を吐いた。

「探してはみますが、見つかるとはかぎりませぬ」

「わかっている」

「あと、どこの屋敷に潜んでいるかはわかっても、わたくしに女を捕まえることはできませぬ」

一介の商人でしかないと桐屋利兵衛が念を押した。

「それもわかっている。そなたは見つけるだけでいい。見つかったらすぐに余に報せよ。決して典膳正には言うな」

「……商人でございますから、ただ働きはいたしかねます」

「強欲な。御上の命だぞ」

「御上から禄をいただいてはおりませんので」

押さえつけようとした黒田伊勢守を桐屋利兵衛がいなした。

「なにが欲しい」

「女を見つけたら、代償として南條蔵人さまをいただきたく」

桐屋利兵衛が代価を告げた。

「……ううむ。よかろう。女から砂屋につなげるほうが大切じゃ」

少し悩んだ黒田伊勢守が容認した。

第五章　想いの力

一

霜月織部と津川一旗は、四条にある宿屋を集合場所としていた。もっとも連泊を嫌がる京の決まりによって、宿屋は毎日変えている。

一時は武者修行という名目で家を借りたりもしたが、そのほうがよそ者を受けいれない京では目立つとわかり、今は普通の旅人を装っていた。

「どうだった」

さすがに一日中見張っていては集中力が続かない。食事と入浴、仮眠で体力を回復させるほうが効率がいい。二人は夕方に一度宿へ戻った。

「見慣れぬ商人が来た」

津川一旗が桐屋利兵衛の人相風体を報告した。

「……見たことがあるぞ。たしか、大坂商人だったはずだ」

霜月織部が津川一旗に応じた。

「知っているのか」

「今日も見た。黒田伊勢守の役屋敷にも来ていたわ」

身を乗り出した津川一旗に霜月織部が答えた。

「禁裏付役屋敷を一日で二つ回る商人だと」

津川一旗が目を剝いた。

「怪しいな」

「ああ」

二人がうなずきあった。

「どこの誰かを調べねばならぬ。東城に訊くとするか」

「ふふふ、織部は相変わらず、無茶を言う」

霜月織部の発案を津川一旗が笑った。

「よいではないか。我らは東城の飼い主、松平越中守さまの配下だ。ともに戦ったこともある仲ぞ」

「今は敵に近いぞ」

悪びれることなく口にした霜月織部に、津川一旗があきれた。

「さすがにいきなり斬りかかっては来ぬさ」

「当たり前だ。我らに刀を向けるということが、なにを意味するかくらいはわかるだろうからの」

「ならば、問題あるまい。明日朝にでも訊いてこよう」

鷹矢との接触の多い霜月織部が名乗りをあげた。

「ふむ。ならば、見張りの当番を交代せねばならぬな」

百万遍と相国寺門前町の担当を入れ替えようと、津川一旗が言った。

「だな」

霜月織部も同意した。

「ところで東城の意図をどう考える」

真剣な顔つきで霜月織部が津川一旗に問うた。

「南條蔵人を黒田伊勢守に渡した理由か。単純に考えれば、疫病神を押しつけたというところだろう」

「疫病神か。出世、いや越中守さまのお指図に従う一つの答えであろうに」

津川一旗の答えに霜月織部が首をかしげた。

「一度、戸田因幡守へ渡しておるからの」

「まったく、京都所司代の圧力ぐらい跳ね返さぬか」

津川一旗の話に霜月織部が憤慨した。

「禁裏付は京都所司代の監察を受けるのが慣例だからな」

上役に言われて拒否できる役人はまずいなかった。

「情けないことよ。越中守さまがなさろうとしている幕政改革をなんと心得るか。たかが旗本一人の立場など、話にもならぬほど重要であるというに」

霜月織部が嘆いた。

「覚悟のない者とはそのていどじゃ」

津川一旗が慰めた。

「……で、どうする。東城のしたことを」

南條蔵人を黒田伊勢守のもとへ送りつけた行為を咎めるべきかどうかを、霜月織部が尋ねた。

「咎めるかあ」

津川一旗が腕を組んで悩んだ。

「表立って咎めることはできぬ」

「まあ、南條蔵人を検非違使のもとから奪ったのは吾だからの」

難しい顔をした津川一旗に霜月織部が首肯した。

「かといって、なにもせぬというのはよろしくない」

「追認したことになりかねぬ」

二人が嘆息した。

「とりあえず、理由を訊きがてら、脅してくる」

「任せる」

霜月織部の提案を津川一旗が認めた。

禁裏付役屋敷は、町奉行所のように夜明けとともに門を開けるわけではなく、鷹矢の出務まで閉じている。

「東城典膳正どのにお目にかかりたい。拙者霜月織部と申す」

「あのときの」

門番は、夜中に訪れて来た霜月織部の顔を覚えていた。

「お待ちを」

だからといって主のつごうを聞かずに通すわけにはいかない。

「面倒だな」

一々、訪（おとな）いをいれなければならないことに、霜月織部が不満を言った。

「今度からは忍びこむか」

徒目付は隠密のまねもする。警固の薄い禁裏付役屋敷ならば、なんなく侵入できた。

「どうぞ」

どこから入るかと屋敷を見上げていた霜月織部に門番小者が潜り門を開けた。

「すまぬ」

礼を述べて霜月織部が屋敷へ入った。

「……まだか」

弓江の案内で客間へ入った霜月織部が、すぐに出てこない鷹矢に腹を立てた。

「朝の忙しいときに不意は止めてくれ」

そこへ鷹矢が姿を表した。

「拙者が来たのだ。越中守さまの御用だと思って、最優先せよ」

霜月織部が松平定信の名前を出して圧迫した。

「禁裏への出務が遅れるわけにはいかぬのだぞ」

鷹矢は禁裏という権威を理由に反論した。

「きさまは旗本であろう。ならば、ご老中さまこそ……」

「徳川も朝廷の臣であるぞ」

まだ言う霜月織部を鷹矢が咎めた。

「……………」

正論中の正論に、霜月織部が黙った。

征夷大将軍は令外官とはいえ、天皇の任命を受けなければならない。それを否定すれば、征夷大将軍が幕府を開き、大政を委任されている建前が崩れる。

「出務の用意をせねばならぬ。文句を言うだけならば、帰れ」

もう鷹矢も遠慮しなかった。

「待て。用は別にある。昨日、ここに来た商人は誰だ」

「商人……枡屋茂右衛門か」

「違う。もう一人いただろう」

「ああ。たしか桐屋利兵衛と申したな」

訊かれて鷹矢が答えた。

「何者だ」

「商人だろう。大坂の出で、近ごろ京に出店を開いたと聞いた」

鷹矢が枡屋茂右衛門から教えられたことを口にした。

「なぜ、そのような者が訪ねて来た」

「京(みやこ)に妙な噂が流れていると、教えに来てくれたようだ」

「どのような噂が流れていると」

霜月織部がさらに質問した。

「南條蔵人を奪い返したのが、禁裏付の拙者だという噂だそうだ」

「なっ」

言われた霜月織部が絶句した。

「どこから、そのような噂を……」

「訊いたが、噂だから出所などわからぬとかわされた」

鷹矢が首を左右に振った。

「それだけか」

「ああ。それだけで帰ったぞ」

確かめた霜月織部に鷹矢が答えた。

「ふむ。商人についてはわかった。ところで東城よ」

一応納得した霜月織部が表情を険しくした。

「なぜ、南條蔵人を黒田伊勢守に渡した」

霜月織部が鋭い声で詰問した。

「なぜ、南條蔵人を攫った」

同じ態度で鷹矢が問い返した。

「南條蔵人は越中守さまのお望みを叶える材料であろう。それを敵に奪われていては話になるまい」

「敵……ほう。おぬしは朝廷を敵だと言うのだな。それは越中守さまのお考えか」

「な、なにを言う」

鷹矢に切り返された霜月織部が息を呑んだ。

「越中守は朝敵になることを選んだか」

松平定信から鷹矢は敬称を取った。

「きさま……」

霜月織部が激昂した。

「たった今、敵と申したのはそなたぞ」

「…………」

指摘された霜月織部が黙った。

「越中守が朝敵と、上様のお耳に入ればどうなろうなあ」

鷹矢が嗤った。

十一代将軍家斉(いえなり)と老中首座松平越中守定信の仲は悪い。家斉は、将軍親政を布きたいと考えているが、松平定信は老中による政こそ正しいと信じている。反対に松平定信は、己がなるはずだった十一代将軍の座に、田沼主殿頭意次と一橋民部卿治済(はるさだ)の後押しを受けて割りこんだ家斉を嫌っている。

松平定信は家斉を飾りにしようとしており、家斉は松平定信の頭を押さえつけようとしている。

大御所称号云々はその争いの一つであった。

松平定信としては、一橋民部に大御所称号が認められるのはまずい。一橋家は松平定信の実家田安(たやす)家の弟なのだ。その弟の家から、大御所と将軍が出ると、田安家は一橋家の下と確定してしまう。もとは田安が兄で一橋が弟なのだ。

とはいえ、家斉から朝廷を押さえこんで、大御所称号をもぎ取ってこいと命じられている。

大御所称号を朝廷から許されれば、松平定信の実力を家斉も認めざるを得なくなる。老中首座を外すどころか、過去、会津藩初代藩主で三代将軍家光(いえみつ)の異母弟だった保科(ほしな)肥後守正之(ひごのかみまさゆき)しか就いていない、大政委任へ任じなければならなくなる。

大御所称号の認可に失敗すれば、松平定信を力が足らぬと執政の座から落とせるが、同時に将軍の要求を朝廷に拒否された、すなわち家斉の権威失墜をまねく。

現実、大御所称号の問題は、どちらに転んでもあらたな面倒を引き起こす。

「大恩ある越中守さまを、きさま売る気か」

「売りたくもなろう。大命をやらせておきながら、援護するわけでもない。いや、足を引っ張ってくれるだけ。これでどうしろというのだ」

「足を引っ張っているだと」

霜月織部が驚いていた。

「まさか、助けているとでも思っているのではなかろうな」

鷹矢があきれた。

「援助するつもりならば、なぜ南條蔵人を連れてきた。それも自らが逃げたように装うならばまだしも、検非違使の見張りを当て落とし、わざとらしく屋敷のなかを荒らしてみせる。あからさまに連れて逃げたとわかる状況を作っておきながら……」

「わからぬのか。荒らしたことで盗賊が入ったと偽装したのだ。その盗賊によって南條蔵人は連れ去られた、あるいは自らの足で逃げ出したと思わせられる」

「……はあ」

反論する霜月織部に鷹矢はため息を吐くしかなかった。

「本気で、だまし通せると思っているなら、おまえたちは愚かだ」

「侮辱する気か」

霜月織部が真っ赤になって怒った。

「そもそも南條蔵人を捕まえたのは拙者ぞ。その拙者のもとに南條蔵人が保護を求めてくるわけなかろうが」

「おまえのところに娘がおるではないか。父親が娘を頼るのは当たり前だ」

「ここに娘はおらぬ」

「なにを言うか、先ほども姿を見せたではないか」

否定した鷹矢に霜月織部が指摘した。

「娘はおらぬのだ。だからこそ、躍りこんできた南條蔵人を捕まえることができた。いたら、拙者が娘を監禁していたとして咎められたわ」

「……………」

霜月織部が言葉を失った。

「もし、南條蔵人が逃げ出したというならば、ここではなく妻の実家を頼る。まちがえてもここには来ぬ。来れば、ふたたび捕まるとわかっているのだぞ。まあ、そこを百歩譲ってもよい。されど、ここへ来る前に少なくとも妻の実家を頼り、拒まれてからでなければならぬ。それくらい、わからなかったのか。南條蔵人がここにいては、禁裏付が検非違使を襲ったことになるのだぞ。だからこそ、伊勢守の屋敷の前に捨てた。ああすれば、南條蔵人を朝廷に渡さず、幕府で確保でき、言いわけも付けやすい。なにより吾のかかわりが消える」

「…………」

「策を弄するなら、穴を作るな」

沈黙し続ける霜月織部を鷹矢が怒鳴りつけた。

「そ、それも策じゃ。おまえがどうするかを見極めるためにわざと窮地を……」

「味方の足を引っ張るのがか」

鷹矢が鼻で笑った。

「きさまを鍛えようとしてやったのだ。逆境で力を発揮できてこそ、越中守さまの懐刀たりえる。これをこなせば、次は遠国奉行、そしていずれは勘定奉行へとお引き立てくださることになろう。これこそ受けるべき試練だとは思わぬのか」

「そんなものになりたくもないわ」

鷹矢が怒気を露わにした。

「己が狙われるだけなら、文句も言わぬ。武士に生まれ、旗本の当主となって遠国へ来たのだ。戦うことも討たれることも覚悟している。だが、周りの者、とくに弱い女たちが辛い思いをするのは辛抱ならぬ」

「女ごとき、大義の前には些細なことだ。松平越中守さまが政を執られれば、天下万民が幸福を享受できるのだ。その礎となれれば、女も本望であろう」

我慢できぬとぶちまけた鷹矢の神経を、霜月織部が逆撫でした。

「……そうか」

「理解できたようだな」

すっと怒気を消した鷹矢に、霜月織部が満足そうに言った。

「理解したとも。そなたは敵だということを、嫌と言うほど思い知ったわ」

「なにを申す」

鷹矢の返答に霜月織部が驚愕の声をあげた。

「天下の幸福というのは、他人の犠牲のうえになるものではない。一人、二人の犠牲だというが、その犠牲になった者にも家族や知り合いはいる。それらの者が、犠牲を受けいれて、笑えるか。よかった、世のなかがよくなったと喜べるか」

「理屈をこねるな」

霜月織部が声を荒げて、鷹矢を威圧しようとした。

「大声を出さねばならぬというのは、己に正義がないとわかっているからだろう。威をもって反論を封じようとする。それが正しい者のすることか」

「…………」

正論に霜月織部が口をつぐんだ。

「出ていけ。二度と拙者の前に顔を出すな」

「……きさま、なにを申しているかわかっているのか。吾を敵にするというのは、越中守さまに手向かうということ。お役目を罷免されるぞ」

霜月織部がまたも脅した。

「先ほども申したであろうが。聞いてないのか。情けないのはおまえじゃ。役目なんぞ、塵ほども惜しくないわ。吾は旗本ぞ。上様のためにある」

鷹矢が家斉に付くと断言した。

「……くっ」

脅しが効果のないことを知った霜月織部が唇を噛んだ。

「さあ、出ていけ」

鷹矢が腰をあげた。

「拙者にはなにをしようとも構わぬ。だが、他の者に手出しをしたら、容赦はせぬ」

「なにをしでかす気か」

「そのときになれば、わかる。さっさと立て。目障りじゃ」

「……おのれ」

文句を言ったところで、身分が違う。鷹矢は旗本、霜月織部は御家人でしかない。しかも場所が禁裏付役屋敷である。ごねて京都所司代戸田因幡守へ訴え出られれば、霜月織部に勝ち目はない。

それこそ、政敵松平定信の足を引っ張れると、戸田因幡守は喜んで鷹矢の味方をしてくれる。

「覚えておれよ」

「もう少し、気の利いたことを言えまへんか」

捨てぜりふを吐いた霜月織部の背中から嘲笑が聞こえた。

二

「だ、誰だ」

霜月織部が跳びあがるようにして振り向いた。

「おまはんが、後を付けてた男ですわ」

「……っ」

土岐にからかわれた霜月織部が、顔をゆがめた。

「きさま、何者」

「禁裏の仕丁でっせ」

「小者風情が……」

「黙れ、無礼者」

鼻で笑おうとした霜月織部が、土岐に怒鳴られた。

「小者とはいえ、吾は初位の位階を与えられておる。無位無冠に過ぎぬ者ごときに侮られる覚えはないわ」

「生意気な……」

土岐の誇らしげな様子に、霜月織部が嫌そうな表情を浮かべた。

「禁裏付に申しあげる。このような無礼な輩を見過ごされるか」

「申しわけなき仕儀なれど、禁裏付は幕府御家人を捕まえる権を持たぬ」

真剣な土岐に、鷹矢が真面目に応えた。

「では、このままにいたせと」

「いいや。このままでは幕府が朝廷を尊重していないとなりかねぬ」

「どういたすか」

「京都所司代まで訴えを出しておきましょう」

土岐との茶番に鷹矢がつきあった。

「ちい」

松平定信に狙われている戸田因幡守にとって、まさに渡りに船である。霜月織部の名前を知ったならば、かならず大事に仕立て上げる。

霜月織部が逃げるようにして去っていった。

「いかに典膳正、どのようにいたすか」

「もういいだろう」

まだ威厳を見せようとする土岐に、鷹矢がため息を漏らした。

「終わりでっか。おもろないことで。もうちょっといじめてやりたかったんやけど」

土岐がわざと無念がった。

「とりあえず、助かった」

「余計な口出しとわかってましたけどな。でもまあ、あのままやと長引いたでっしゃろ」

感謝した鷹矢に土岐が笑った。

「しかし、面倒な客が朝から来ましたなあ。あいつでっしゃろ、南條蔵人を奪った奴は」

「そうだ」

確かめた土岐に、鷹矢が首肯した。

「どこから聞いていた」

ふと鷹矢が気にした。

「大恩ある松平越中守さまあたりでんな」

「ほとんど最初からか」

土岐の言葉に鷹矢が驚いた。

「よく、気づかれなかったな。あの霜月織部は、徒目付のなかでも腕利きなのだぞ」

「それは感じましたけど……ずいぶん頭に血がのぼっていたようで、背中にまったく気がまわってなかったでっせ。よほど典膳正はんが腹立たしかったんと違いまっか」

感心した鷹矢に、土岐が苦笑した。

「なるほどの」

鷹矢が笑った。

「どっちにしろ、徒目付ちゅうのもたいしたことおまへんな」

土岐が嘲笑した。

「否定できぬのが残念だな」

鷹矢が小さく首を左右に振った。

「で、そなたはなにをしに来たのだ」

「朝餉をいただきに来たついでに、ちょっと主上さまのお話を」

問うた鷹矢に、土岐が述べた。

「待て、ついでではいかぬだろうが」

「勅やおまへんし」

慌てる鷹矢に、土岐がさらと流した。

「…………」

鷹矢がため息を吐いた。

「伺おう」

鷹矢が上座を譲ろうとした。

「いまさらでっせ」

土岐が手を振った。

「そういうわけにはいかぬ」

「固いこって」

さっさと上座へ移れと急かした鷹矢にあきれながら、土岐が移動した。

「……承りまする」

鷹矢が手を突いた。

「うわあ、話、しにくっ」

土岐が頬をゆがめた。

「……主上さまが、南條蔵人を死なせたくないというのを仰せられたのは覚えておられますやろ」

「当然である」

問うような土岐に鷹矢が首肯した。

「なんとかなりまっか。状況が相当変わりましたけど」

土岐が尋ねた。

「無理だな。それはおぬしもわかっていよう」

黒田伊勢守のもとに南條蔵人を捨ててくるとしたときに、土岐も納得していた。

「わかってま。でも、ひょっとしたらなんぞええ案でも出てへんかなと」

「一晩で、どうにかなるわけなかろうが」

鷹矢があきれた。

「あきまへんか」

土岐がため息を吐いた。

「主上にどうお話ししたら、ええんやろ」

「すまぬが、頑張ってくれとしか言えぬな」

肩を落とす土岐に、鷹矢が慰めの一言をかけた。

「……そうやっ」

土岐が手を打った。

「どうかしたか」

鷹矢が土岐の行動に、首をかしげた。

「任しますわ。主上へのご報告を典膳正はんに」

「えっ……」

言われた鷹矢が唖然とした。

「今日の昼、またお庭拝見しておくれやすな。主上さまにはお話ししときますよって」

「な、なにを言う。そうそう主上さまと……」

「ほな。朝餉は台所でいただきまっさ」

まだ衝撃を受けいれられない鷹矢を置いて、そそくさと土岐が逃げ出した。

京都所司代戸田因幡守は、南條蔵人の一件の経緯をしっかり把握していた。だが、なに一つしなかった。

「知ったことではない」

南條蔵人の身柄を検非違使別当勧修寺権中納言経逸に渡した以上、なにがあろうとも戸田因幡守の責任にはならないからだ。

「動かれませぬので」

朝から訪れて来た京都東町奉行所池田丹後守が問うた。

「動く理由がない」

戸田因幡守が首を左右に振った。

「ございましょう。京洛で公家の屋敷に異変が起こったのでございますぞ」

「公家の屋敷のことならば、京都所司代の責務ではなかろう」

池田丹後守の言葉に、戸田因幡守が管轄外だと告げた。

「もちろん、京都町奉行の仕事でもない」

戸田因幡守が池田丹後守に掣肘を加えた。

「よろしいのでございますな」

もう一度池田丹後守が念を押した。

「くどい」

怒りを戸田因幡守が声にこめた。

「わたくしが危惧していたということをお忘れにならぬよう。お邪魔をいたしましてござる」

一礼して池田丹後守が辞去を告げた。

「待て。気になるの、その言いかた。なにかあるのか」

戸田因幡守が池田丹後守の退去を止めた。

「なにかあるのかとお訊きでございまするや」

池田丹後守があきれた顔をした。

「その面はなんだ」

下僚に馬鹿にされたと感じた戸田因幡守が眉間にしわを寄せた。

「公家の屋敷が襲われた。しかも罪人が蟄居している屋敷が」

「それがどうした。屋敷のなかが荒らされていたというではないか。物盗りの類であろう」

「六位の公家屋敷に盗みに入る者が、洛中にいるとでも」

問題ではないと述べた戸田因幡守を池田丹後守が冷たい目で見た。

公家の貧しさは誰もが知っている。家業があり、雲上人と呼ばれる三位以上ならば、まだ奪うだけの価値がある宝物を持っているだろうが、六位の端公家となれば、あるのは血筋だけといえる。そんなところに見張りの検非違使を当て落としてまで盗みに入る者などいるはずはなかった。

「……むっ」

戸田因幡守が詰まった。

「しかも襲われたのが、因幡守さまのもとから引き取られていった公家。しかも引き取ってすぐのこと。これで因幡守さまとかかわりはないと思う者がどれほどおりましょう」

「余は知らぬぞ」

池田丹後守の言葉を戸田因幡守が否定した。

「因幡守さまのつごうではございませぬ。相手がどう見るかをお考えあれとお話しさせていただいておりまする」

「相手がどう……越中守か」

「松平越中守さまのことは、今回置いておきまする」

睨んだ戸田因幡守に池田丹後守が首を横に振った。

池田丹後守も松平定信が老中首座になってから、京都町奉行に選任されている。いわば、松平定信の手駒であった。

「越中守を置いておくというのは気になるが、それ以外に問題でもあるのだな」

戸田因幡守が少し声を低くした。

「京都屋敷の者どもがどう考えましょう」

「……京都屋敷、諸藩のか」

「さようでございまする」

戸田因幡守の確認に、池田丹後守が首肯した。

幕府は朝廷と大名の接触を嫌う。参勤交代でも西国大名はできるだけ京を避ける、通っても宿泊はできるだけしないという暗黙の決まりがあった。

その京都に、諸藩の屋敷があった。もちろん、尾張藩、越前松平藩、彦根藩といった御三家、一門、譜代のものもあるが、二本松の薩摩藩屋敷、木屋町に長州藩、加賀藩、土佐藩などの外様大名のものが並んでいた。

　諸藩が江戸に屋敷を持つのは、幕府への忠誠の証であり、大坂に屋敷を持つのは年貢として得た米や特産物を売って金にするためである。

　では、京屋敷はなんのためにあるのか。それは官位のためであった。

　大名家には先祖代々の格式というのがあり、当主が受け継ぐ官位があった。

　御三家の尾張家、紀州家の大納言、水戸家の中納言、井伊家の掃部頭（かもんのかみ）、毛利家の大膳大夫（だいぜんだいぶ）、加賀家の侍従兼加賀守、薩摩家の修理大夫（しゅりだいぶ）などである。これらは、先祖が勝手に名乗っていたり、足利幕府から認められたり、直接朝廷から許されたりしたものであったが、徳川家の天下になってから就任の手続きが変化した。

　そもそも武家の官位は、令外、あるいは枠外などとされ、実際の役目にはならなかった。毛利が大膳大夫だからといって、朝廷の食事を作るわけではないし、紀州家が大納言だといって朝議に参加することはない。

　しかし、先祖代々の官位は重要なものであった。

「先代のお父上はなになに守になられたのに、ご当主さまはなになに介止まり」

「今までなになに大夫を無事に継いでこられたのに……」

戦がなくなった大名に誇るものは、家格しかない。その家格を決めるのが、官位だとしても過言ではないのだ。

それだけに由来のある官位を受け継げなかった大名は、恥ずかしい思いをすることになる。

襲封直後はいたしかたないとしても、数年で代々の名乗りにたどり着けないと、なにかしらの失敗があったのかという噂になる。

官位は幕府が取りまとめて申請するとはいえ、なにを言っても許可するのは朝廷である。ほとんどの場合、幕府の求めどおりの結果になるが、そこには金も絡む。

戦国どころか、そのずっと前から、公家以外の官位は売り買いされてきた。売り買いという言葉は正しくないかもしれないが、求める官位をもらえるかどうかは、朝廷へどれだけ寄付したか、貢献したかによった。

そのていどならば簡単なことだといえるが、これがなかなかに難しい。相手は前例主義で生きている朝廷である。多めに金を渡せば、それが前例になる。すなわち、次からもその金額を渡さなければならなくなる。

どこの大名も手元不如意の今、下手なつり上げはまずい。

だが、朝廷も我慢はできなかった。

なにせ、物価は上昇を続けている。米は禄で賄えても、おかずや衣類などにかかる費用は増え続けていく。

「少しは、考えて欲しい」

朝廷からは礼金の値上げを求められているのが、現状である。

代々の官位にいたるまでの経緯でも金がかかっているだけに、武家もそうですかとはいかない。

大名はまず嫡男として将軍に目通りをしたら、従六位の下という官位を与えられる。続いて、襲封あるいは嫡男のままで幕府の役職に就いたときに官位が上がる。そして、大名となってから数年で本来の官位になる。通常はそこで止まるが、若年寄や京都所司代、大坂城代、老中などという重職になったときは、さらに官位が上がる。役名は変わらずとも、兼だとか、なになには従来のままとかで、従五位が正五位、従四位に進められる。

そのたびに朝廷へ礼金を出すのだ。そして、その礼金が今後の前例になってしまう。

ようは、先祖の名乗りを使えるようにしつつ、礼金を抑える。

京屋敷の仕事は、それであった。

もちろん、他藩とのつきあいだとか、公家の娘を世継ぎ、当主の正室にとか、逆に大名家の姫を公家の正室にという目的もある。

どちらにせよ、大名の京屋敷の役割は、公家との交流であった。

「諸藩の京屋敷は、どのような報告を藩へいたしますか」

「むうう」

池田丹後守に止めを刺された戸田因幡守が唸った。

「悪評に繋がる……」

さすがに戸田因幡守も気づいた。

「因幡守さまだけでなく、拙者の名前も出ましょう」

どうして政敵に力を貸すのかということの答えを池田丹後守が告げた。

「そなたはどう考えておる」

戸田因幡守が対処の方法について問うた。

「まず、検非違使別当さまへ事情を問い合わせ、それに応じてお見舞いを申しあげるべきでしょう。そして、助力が要るかどうかを伺い、求められたら手を貸す」

「そのていどか」

戸田因幡守が簡単なことだと拍子抜けした。

「やったということが大事なのでござる。なにもしなければ、京都所司代は怪しいとなりますぞ。己も企みに加わっているから、なにもせずに静観しているのだと噂になってからでは、打ち消すのは手間でございまする」

「……たしかに」

池田丹後守の諭しに、戸田因幡守が納得した。

噂、とくに悪意のこもったものほど、生まれやすく、容易に拡がり、消すのがたいへんであると政に携わる者は、その怖ろしさを嫌と言うほど知っていた。

「そなたはどうする」

あまりに協力的な池田丹後守に、戸田因幡守が疑いの目を向けた。

「ご懸念なく。わたくしはすでに手を打っておりまする」

あっさりと池田丹後守が答えた。

「どのような手だ」

「町奉行としてふさわしいものでございまする。では、長居は禁物。お邪魔してはいけませぬので」

「……うむ」

質問を無視した池田丹後守を叱るわけにもいかなかった。忠告をくれたということもあるが、なにより池田丹後守の言うように戸田因幡守は初動に失敗している。ここで他人を気にしすぎて手間取るようでは、被害を広げてしまう。

「誰ぞ、参れ」

戸田因幡守が家臣を呼んだ。

三

黒田伊勢守は禁裏へ出務してからも、ずっと桐屋利兵衛の提案をどうするかで悩んでいた。

「南條蔵人の罪は軽い。娘を売っておきながら、取り返すために禁裏付役屋敷に躍りこむなど論外ではあるが……親娘の情を前面に押し出せば、被害もなかったことでもある。咎めを受けたところで、せいぜい南條家の絶家だろう。後ろで誰が糸を引いていたかまでは、調べまい」

格上への忖度となれば、公家はすさまじい。昨今の武家も出世を願うあまり、老中や組頭などへの付け届け、便宜を図るなど、かなりやりすぎ問題になっているが、そんなもの公家に比して児戯でしかない。

なかでも五摂家への気遣いは、格別であった。

近衛、一条、二条、九条、鷹司の五家は、かつて大化の改新で天智天皇を補佐した大職冠藤原鎌足を祖とする。天皇家へ中宮を差し出したり、皇女、王女を迎え入れたりを繰り返して、宮家よりも力を持っていた。

それこそ、すべての公家の祖といえる。言わずもがなだが、藤原氏以外の大伴氏、橘氏、菅原氏などを本姓とする公家もいるが、いずれもどこかで血が入っている。公家たちにとって、五摂家は皇統に並ぶくらい、大切なもので、心の支えであった。

「すべて麿のせいでおじゃる」

五摂家を売ることは、己だけでなく、公家を売ることになる。

南條蔵人の頭に血がのぼっていようとも、それはまずなかった。

「小者にこだわって、公家全体を敵に回すのは、決して得策とは言えぬ」

黒田伊勢守が揺らいだ。

南條蔵人を禁裏目付として裁いたところで、朝廷には影響はない。せいぜい幕府から朝廷へ綱紀粛正(こうきしゅくせい)の要望が出されるくらいで終わる。

「松平越中守さまでも、それ以上は難しい」

黒田伊勢守が嘆息した。

大御所称号の問題で、朝廷の傷を探している松平定信である。それこそ、かすり傷に過ぎない南條蔵人の一件を黙って見過ごしはしないだろうが、できることは少ない。なにせ松平定信は江戸にあり、京までの百五十里(約六百キロメートル)が間に立ちはだかるのだ。

「殴るぞ」

と脅したところで、手が届かなければ効果はない。

「状況を報告せよ」

江戸から松平定信が黒田伊勢守へ命じても、片道七日、往復で十四日ほどかかってしまう。

「どのようにいたしましょう」

黒田伊勢守が対応を問い合わせても、返事が来るまで同じだけ日数が要る。

こんな状態で、人との遣り取りに長けた公家を畏れ入らせることなどできようはずもなかった。

「怒りを買うだけか」

役人は上司の機嫌で、出世もするが左遷されることもある。南條蔵人を差し出して、松平定信のご機嫌を伺ったはいいが、なんの成果も得られず、徒労だけを重ねるとなれば、持ちこんだ黒田伊勢守に憎しみが来る。

「よくぞ、余に恥を掻かせた」

偉くなればなるほど、矜持は高くなり、辛抱がきかなくなる。

褒められるべき黒田伊勢守が叱りつけられ、左遷の憂き目に遭う。

「桐屋の言うことが本当ならば、ことは南條蔵人の数倍大きくなる」

参議を極官とする公家ともなれば、名門である。それこそ、五摂家とかかわりがあっても不思議ではない。

「砂屋楼右衛門であったか。名前までは知らなかったが、朝廷の裏を始末する者がおるとは聞いていたが……」

長く禁裏付をやっていると、それなりに公家とのつきあいもできる。やはり単身で赴任している黒田伊勢守は、六位の姫を買って禁裏付役屋敷の奥に置いている。その実家とは、親戚づきあいとまではいかなくとも、交流はある。そこからいろいろな話が黒田伊勢守のもとにもたらされていた。

「……よしっ」

黒田伊勢守が声を出してうなずいた。

「な、なんですやろ」

日記部屋に当番として詰めていた雑用係の仕丁が、黒田伊勢守の行動に驚いた。

「ああ、気にいたすでない」

黒田伊勢守が手を振った。

「広橋中納言どのをこれへ」

武家伝奏よりも禁裏付が偉い。幕府の決まりで、従五位の黒田伊勢守は、従三位の広橋中納言を呼びつけた。

「……なんや」

格下と思っている黒田伊勢守に呼ばれた広橋中納言の機嫌は悪かった。

「少し訊きたいことがござる」

「なんじゃ」

広橋中納言が黒田伊勢守を促した。

「砂屋楼右衛門についてお教えいただきたい」

「……砂屋。知らん」

少し考える振りをした広橋中納言が首を横に振った。

「そんなはずはございませぬぞ。砂屋が公家の出だとわかっておる」

「阿呆、砂屋というかぎりは商人でおじゃろう。公家が金などという穢れを使うまねなどするはずないでおじゃる」

広橋中納言が口の端を吊り上げて、黒田伊勢守を嘲弄した。

「砂屋が商人とは申しておらぬ。余がなにも知らぬと思うなよ」

「なにを知っているというでおじゃるかの」

凄む黒田伊勢守を広橋中納言があしらった。

「刺客であったろう」

「おほほほほ」

指摘した黒田伊勢守に、甲高い笑い声を広橋中納言があげた。

「夢でも見たのでおじゃるかの。公家が刺客……刀さえまともに構えられぬ公家が……」

広橋中納言があきれた。

「与太話につきあうほど暇ではおじゃらぬでの」

あっさりと広橋中納言が去っていった。

「直截すぎたか」

焦ったと黒田伊勢守が自覚していた。

「おい」

「へ、へい」

黒田伊勢守が待機している仕丁を手招きした。

「な、なんですねん」

脅えながらも仕丁が近づいた。

「砂屋楼右衛門、知っているな」

「……し、知りまへん」

問われた仕丁が必死で首を左右に振った。

「禁裏付に隠しごとができるはずなかろう。その態度がすべてをもの語っておるわ」

「……………」

声を低くした黒田伊勢守に仕丁が黙った。

「安心せい。そなたから聞いたとは言わぬ」

名前は出さないと言いながら、黒田伊勢守が懐から紙入れを出し、小判を一枚つまんだ。

「受け取れ」

「ほ、ほんまにわたいから聞いたとは」

金を目の前に出された仕丁が恐る恐る確認した。

「武家ぞ。二言はせぬ」

強く黒田伊勢守が首肯した。

「ま、まず、おあしを」

仕丁が先払いでと手を出した。

「ほれ」

黒田伊勢守が金を仕丁に渡した。

「か、金や。ほんまもんの小判や」

仕丁が小判を舐めるように見た。

「さあ、もういいだろう。話せ」

黒田伊勢守が仕丁に命じた。

「待っておくれやす。しまわな」

仕丁が小判を大事そうに懐へ入れた。

「……ふう。ちょっとごめんやす」

その後断った仕丁が、日記部屋の襖を開けて、聞き耳を立てている者がいないことをたしかめた。

「よろしおま。砂屋楼右衛門でしたな。実家は勘弁しておくれやす。今も朝廷にお仕えしてはりますよって」

「言えぬのか」

「とんでもない。万一、わたいがそれを口にしたとわかったら、一族郎党省(はぶ)かれます」

「絶対に漏らさぬと言ってもか」

「人は知ったことをどこかで口にするもんで。わたいから漏れたとわかったら仕丁は続けられまへん」

保証すると述べた黒田伊勢守に仕丁が首を横に振った。

「それとも千両くれはりますか。それだけあれば、わたいと女房、子供、両親、兄弟、妻の係累の皆が生涯生きていけますやろ」

「馬鹿を申すな。千両など出せるか」

「ほな、辛抱しておくれやす。一族で京を捨てる覚悟でなければ、殿上人さまのことは言えまへんねん」

「殿上人か、砂屋の実家は」

「……………」

「そうか」

確認に反応しなかったが、正体を口にできないと拒んだ仕丁の、せめてもの好意だと黒田伊勢守は認識した。

「砂屋楼右衛門はいるのだな」

「いてました。先日、死んだそうですけど」

　念を押した黒田伊勢守に仕丁がうなずいた。

「刺客だったのもまちがいないな」

「へい。でも刺客だけやのうて、脅しや強請、押し借り、博打、女衒、あくどいことはなんでもやってたそうでっせ」

「公家がか」

「もとお公家はんですけどな。なにやら、公家はんやったときの扱いが悪かったとかで、さっさと家を息子はんに譲って隠居しはったとか」

　仕丁が述べた。

「一人でそれほどのことはできまい」

「ようは知りまへんけど、四神とかいう配下がいてたとか、女が手助けしてたとか、噂はおましたな」

「四神に女か」

　黒田伊勢守が腕を組んだ。

「四神のほうは見たこともおまへんけどな、女はちょっと知られてましたで。浪ちゅう名前に変わってましたけどな、六位の諸大夫家の姫さんですわ」

「諸大夫の娘が……いや、三位に上れる公家が刺客をするくらいだ。ないとは言えぬ」

「妾腹の姫はんで、いろいろあったみたいでっせ」

　仕丁が付け加えた。

「諸大夫の公家が妾を持つだと」

「妾ではおまへんな。そのへんの女に手出したら子ができて、引き取らされたというやつですわ」

　妾を囲う金のある公家は少ない。黒田伊勢守の疑問に仕丁が応じた。

「その女がどこにいるかは知っているか」

「知りまへん」

　仕丁が否定した。

「もうよろしいか」

　仕丁が周囲を気にしだした。

「うむ」

黒田伊勢守が認めた。

「もし、女の行方についてなにか見聞きしたら、報せよ。そのときは、別に小判をくれてやる」

「小判をもう一枚……へい」

述べた黒田伊勢守に、仕丁が喜んで同意した。

「最後に、砂屋楼右衛門を殺したのは誰だ」

「……典膳正はんやという噂でっせ」

声を潜めた黒田伊勢守に、仕丁も小声で応じた。

「…………」

黒田伊勢守が眉間にしわを寄せた。

四

桐屋利兵衛は金に飽かして、人を雇い、浪の居所を探すようなまねはしなかった。

「狐っちゅうもんは、騒げば騒ぐほど巣穴に籠もるもんや」

そう言いながら、桐屋利兵衛は鷹矢と枡屋茂右衛門に配下を貼り付けさせていた。

「二人の女を抱いて帰ったというのはわかっている。そのうちの一人は、江戸から来たという武家女や。しかも南條の娘は禁裏付役屋敷にずっといたという。となれば、残る一人は浪や」

桐屋利兵衛はそう推察し、百万遍を見張らせていた。

「あいつが、東城と黒田伊勢守のもとを尋ねた桐屋だな」

その桐屋利兵衛の後を霜月織部と津川一旗が付けていた。

「どうする。締めあげるか」

津川一旗が拙速の手を提案した。

「商人だろう。肚など据わってもおるまい。少し脅せば、素直に話すのではないか」

「そうだな」

津川一旗の考えに霜月織部が思案した。

「……幸い、今は他人目もない」

素早く津川一旗が周囲を確認した。

「あそこの辻の奥へ連れこめば……」

「よし。やるか。商人くらいならば、いくらでもやりようはある」

霜月織部も決断した。

二人が桐屋利兵衛へと駆け寄った。

「なんぞ、御用ですかいな」

不意に桐屋利兵衛が振り返った。

「こいつは……」

「なぜ……」

霜月織部と津川一旗がたたらを踏んだ。

「商いを大きくいたしますとねえ、いろいろなところともめ事がでまして……何度か死にかかりましてね。おかげさまで剣呑な雰囲気というのに気づけるようになりました」

「我らの気配を察したとは」

「商人であろうが」

桐屋利兵衛の話に霜月織部と津川一旗が唖然とした。

「で、御用は。金でしたら、あいにく今は持ち合わせが少のうございますが」

「我らは浪人ではない」

津川一旗が強請集りではないと首を横に振った。

「用心棒などは連れておらぬのか。命を狙われているのだろう」

霜月織部が問うた。

「願掛けのようなもんですわ。新しく店を出す土地に嫌われているかどうかを試しているようなもので。殺されるようならば、それまでやったと」

「なんという度胸」

平然と語る桐屋利兵衛に津川一旗が感心した。

「ああ、もう自分のものやと思うている大坂では、用心棒に囲まれてますで。今更、運試しでもおまへんし」

桐屋利兵衛が笑った。

「商人とはこういうものか」

「知らぬ」

津川一旗と霜月織部が困惑した。

「御用がなければ、これで」

「待て。我らは御上の者だ」

去ろうとした桐屋利兵衛を津川一旗が止めた。

「御上のお役人さまで。京都町奉行所のお方さまでございましたか」

「町奉行所ではない」

「はて」

否定した霜月織部に桐屋利兵衛が首をかしげた。

「町奉行所やないのに、わたくしに御用とは」

より大きく桐屋利兵衛が首をかしげた。

「そなた一昨日であったか、百万遍の禁裏付役屋敷と相国寺前の禁裏付役屋敷を訪れたであろう」

代表して津川一旗が質問した。

「へえ。たしかにお邪魔いたしました」

すんなりと桐屋利兵衛が認めた。

「誰に会った」

「どちらも禁裏付さまにお目通りをいただきました」

「東城典膳正と黒田伊勢守だな」

「へえ」

確認した津川一旗に、桐屋利兵衛が首肯した。

「どのような話をいたした」

「それはちょっと。商いのお話でございますので」

さらに突っこんできた津川一旗へ桐屋利兵衛が拒否を告げた。

「なぜ言えぬ」

「なにをどれくらい、いくらで仕入れて、どこに持っていって、いくらで売る。これは商人の技。これを知られてしまえば、先に手を打たれたり、仕入れ値をつり上げられたりいたしますゆえ」

津川一旗の凄みにも桐屋利兵衛はびくともしなかった。

「御上の御用だと申したはずだ」

「では、お名前とご身分をお明かし願いましょう」

迫る津川一旗を桐屋利兵衛が押さえた。

「大事にかかわることゆえ、話せぬ」

求めた桐屋利兵衛に津川一旗が首を横に振った。

「では、わたくしもお話しできませんなあ」

桐屋利兵衛が口調を崩した。

「我らの言うことを聞かねば、痛い思いをすることになるぞ」

「脅しでっか。品のないこって。やはりお武家はんは、荒いわ。その点、お公家はんは無粋なことを口にしはれへん。もっとも代わりに、黙って手出してきはるけど」

津川一旗の迫力を桐屋利兵衛が気にもしなかった。

「おい、連れていこう。他人目のないところで少し叩けば、すぐに口を割るだろう」

霜月織部が最初の計画通りに話を進めようと津川一旗に述べた。

「ああ。顔も見られたことだしな」

脅しも籠めた一言を付けて、津川一旗が首を縦に振った。

「止めときはったほうがよろしいで」

桐屋利兵衛の目つきが変わった。

「用心棒が隣にいてへんから、無防備やと思うのはまちがいですわ」

すっと懐へ手を入れた桐屋利兵衛が、短筒を取り出して見せた。

「鉄炮……」

　霜月織部が絶句した。

「南蛮から手に入れた新式でっせ。一発しか撃たれへんけど、この近さや。まず外すことはおまへん。もちろん、当たらなかったお方にわたいも斬られますやろうけど、短筒の音で人が集まってきますでなあ。撃たれたお仲間を連れて逃げ出すのは、ちいと無理があると思いまっせ」

　桐屋利兵衛が淡々と言った。

「他人目（ひとめ）が集まるのはまずいぞ」

　津川一旗が霜月織部に囁いた。

「やむを得ぬ。今日のところは引こう。だが、このままではすまさぬぞ」

　霜月織部が桐屋利兵衛を睨みつけた。

「こちらも殺されかけて、なんもせえへんとはいきまへん。商人の仕返しをお覚悟くださいな」

　桐屋利兵衛も言い返した。

「生意気な！」

ったた。

まだ桐屋利兵衛に絡みたそうな霜月織部を津川一旗が引きずるようにして去ってい

った。

「行くぞ」

「……桐屋どの」

二人の姿が見えなくなったところで近くの屋敷から声がした。

「どないや」

「一対一なら、どうにか」

尋ねた桐屋利兵衛に声が答えた。

「おまえさんでかい。それは相当やな。人増やさなあかんか」

「できれば、横にお連れ願いたい」

ため息を吐いた桐屋利兵衛に声が願った。

「そんなうっとうしいもん要らんわ。第一、お公家はんが嫌がるやないか。あの人らは、荒いことを忌避しはるさかいな。そのくせ、口舌で人を平気で殺さはるけどな」

桐屋利兵衛が苦笑した。

「人手の手配、任せるで」

声に命じて、桐屋利兵衛が歩き出した。

「あの二人、わたいが両方の禁裏付に会ったことを知ってた。どうせ南條蔵人のことやろうが……動きが早い。ずいぶんときな臭うなってきたなあ。これはどうしてもあの女を見つけなあかんわ」

桐屋利兵衛が表情を険しくした。


禁裏付として御所へ詰めている鷹矢は、庭拝見を申しこんだ。

前回は周囲に知られないようにと土岐が抜け道を使わせてくれたが、今回は首を横に振られた。

「浪を見とかなあきまへんねん。悪いですけど、お一人で手配りしておくれやす」

土岐はそう言って御所勤務も休んでいる。

「……どうぞ」

といったところで幕府の武を象徴するのが役目でもある禁裏付の要望を、朝廷が拒むことはまずない。

「よしなに頼む」

案内の仕丁に、鷹矢はていねいに応答した。

本来ならば、武家伝奏が庭へ降りるところまで禁裏付を連れていくのだが、広橋中納言と敵対しているに近い鷹矢である。

「庭見たいだけなんやろう。ほな、誰でもええはずや」

広橋中納言は禁裏付の雑用担当の仕丁に丸投げした。

江戸城で同じように雑用を仕切るお城坊主もそうだが、仕丁も禄は少なく、まずそれだけでは生きていけなかった。そのためか、金に執着しており、心付けをくれない者への対応は悪い。悪いというより、なにもしないに等しい。

「ここで待ってますよって、どうぞ、お庭見てきておくなはれ。ああ、あの松の木より奥へ進まんようにしておくれやす」

わざと金を出さなかった鷹矢に注意事項だけを伝えると、仕丁は縁側に腰を下ろした。

「わかった」

うなずいて鷹矢は庭草鞋を履き、ゆっくりと景色を見ている振りをしながら進んだ。

「来たか」

角を曲がったところで光格天皇の声が上から振ってきた。

「………」

急いで鷹矢は膝を突いた。

身分が上の者から声をかけられたときは、許しがあるまで返答もしてはいけない。

鷹矢は無言で頭を垂れた。

「無理を申した」

続けて光格天皇が詫びた。

「………」

前回は姿を隠しての会話で、相手が定かでないという形にできたため返答もできた。

しかし、今回は禁裏付だとわかっている。光格天皇相手に直答はできなかった。

「朕は甘い。罪を犯した者には、相当の咎めを受けさせねばならぬとわかってはおるが……臣の身がかわいい。上に立つ者が恣意をもって、政を動かせば、世が乱れる。わかってはおるのだが……」

光格天皇がため息を吐いた。

「土岐より聞いたが、蔵人を伊勢守に預けたそうじゃの。どうなる、蔵人は」

「…………」

「なぜ、答えぬ。そうか、直答を許す」

答えなかった鷹矢に、少し語気を強めた光格天皇がやっと気づいた。

「畏れながら、直答をさせていただきまする。伊勢守は蔵人を害しはいたしますまい。それだけの気概はないかと」

「朝廷とことを構える気はないか」

鷹矢の説明に光格天皇が納得した。

そもそも南條蔵人のやったことは死罪になるほどではない。無理矢理南條蔵人を刑死させれば、黒田伊勢守は朝廷の反発を受けることになるのはまちがいなかった。

「安堵いたしたわ。誰も朕にそのような話をせぬし、朕も訊けぬでな」

光格天皇が安堵した。

「すまなかったの、典膳正」

ふたたび光格天皇が謝罪をした。

「もとの侍従がしたこと、許してくれよ」

「主上がお気になさることではございませぬ」

あわてて鷹矢が否定した。

砂屋楼右衛門が公家であったのは、光格天皇の前、後桃園天皇のときである。しかも侍従の役目が近侍から儀礼専任に変わって久しく、それほど天皇に近くない。光格天皇が砂屋楼右衛門のことを知らなくて当然であった。

「報いは受けたようじゃが、それを朕は気にしておらぬ。やったことへの因果が巡っただけだからの」

砂屋楼右衛門を斬ったことを光格天皇は許した。

「畏れ多いことでございまする」

鷹矢が平伏した。

「その代わり、女は放念してやってくれ」

浪には咎めを及ぼすなと光格天皇が求めた。

「あの女のことは、土岐に預けておりますれば、わたくしのかかわるところではございませぬ」

鷹矢が浪への手出しはしないと応じた。

「うれしいことよ」

満足げに光格天皇が微笑んだ。

「典膳正よ」

「はっ」

「この西北にな」

光格天皇が声を落とした。

「北野天神社の杜(もり)がある」

「存じておりまする」

鷹矢がうなずいた。

「六百年ほど前まで、あそこに朝堂と大極殿があった。朝廷はそこで百臣を集め、朝議を開き、政をおこなっていた。それが、焼亡した。以降、朝廷は大極殿と朝堂を再建できておらぬ」

静かに光格天皇が続けた。

「政をおこなうべき場所を失っても、再建できぬ。朝廷が力なきものとなった証である」

「再建を望まれまするか」

鷹矢が尋ねた。

「再建したいとは思う。だが、幕府から微々たる禄をもらって生きている朝廷に、その力はない。そして、幕府に再建を頼めば、自らではできぬと己が認めることになる」

光格天皇が首を左右に振った。

「矜持だけで生きてはいけぬ。だが、矜持を失えば、それは朝廷の死だ」

「……………」

重い話に、鷹矢はなにも言えなくなった。

「武士は力、商人は金、朝廷は名。この三つが拮抗していれば天下は安泰である。かつて武士の力が突出したことで、世は乱世になった。それを徳川が治め、武を引いたことで天下は落ち着いた。それから二百年にならんとしている。このまま安泰が続くとは思えぬ。次はどれが突出するのかはわからぬが、また世は乱れよう。朕は朝廷をその端緒にしたくはない。とはいえ、公家も人。人は押さえつけられれば反発するものじゃ。あまり朝廷に負担をかけてくれるなよ」

光格天皇が鷹矢を見下ろした。

「そのように江戸へ伝えまする」

鷹矢は光格天皇の言葉に抗えぬ威と魅力を感じていた。

光格天皇の思いを江戸へ伝える。

これは大御所称号問題を利用して、朝廷も改革のなかへ押しこもうとしている松平定信と表立って敵対することになる。

わかっていて鷹矢は引き受けた。

この作品は徳間文庫のために書下されました。

徳間文庫

禁裏付雅帳[九]

続(ぞく)揺(よう)

2019年10月15日 初刷

著者 上田秀人(うえだひでと)
発行者 平野健一
東京都品川区上大崎三-一-一
目黒セントラルスクエア 〒141-8202
発行所 株式会社徳間書店
電話 編集〇三(五四〇三)四三四九
販売〇四九(二九三)五五二一
振替 〇〇一四〇-〇-四四三九二
印刷
製本 大日本印刷株式会社

ISBN978-4-19-894507-7 (乱丁、落丁本はお取りかえいたします)

上田秀人「織江緋之介見参」シリーズ

第一巻
悲恋(ひれん)の太刀(たち)

天下の御免色里、江戸は吉原にふらりと現れた若侍。名は織江緋之介。剣の腕は別格。彼には驚きの過去が隠されていた。吉原の命運がその双肩にかかる。

第二巻
不忘(わすれじ)の太刀(たち)

名門譜代大名の堀田正信が幕府に上申書を提出した。内容は痛烈な幕政批判。将軍家綱が知れば厳罰は必定だ。正信の前途を危惧した光圀は織江緋之介に助力を頼む。

第三巻
孤影(こえい)の太刀(たち)

三年前、徳川光圀が懇意にする保科家の夕食会で起きた悲劇。その裏で何があったのか——。織江緋之介は光圀から探索を託される。

上田秀人「お髷番承り候」シリーズ

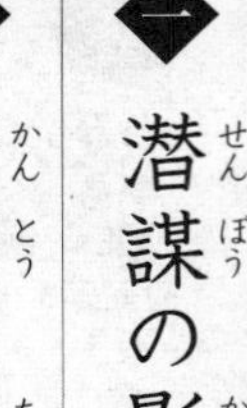

一 潜謀（せんぼう）の影（かげ）

将軍の身体に刃物を当てるため、絶対的信頼が求められるお髷番。四代家綱はこの役にかつて寵愛した深室賢治郎を抜擢。同時に密命を託し、紀州藩主徳川頼宣の動向を探らせる。

二 奸闘（かんとう）の緒（ちょ）

「このままでは躬は大奥に殺されかねぬ」将軍継嗣をめぐる大奥の不穏な動きを察した家綱は賢治郎に実態把握の直命を下す。そこでは順性院と桂昌院の思惑が蠢いていた。

三 血族（けつぞく）の澱（おり）

将軍継嗣をめぐる弟たちの争いを憂慮した家綱は賢治郎を密使として差し向け、事態の収束を図る。しかし継承問題は血で血を洗う惨劇に発展——。江戸幕府の泰平が揺らぐ。

四 傾国（けいこく）の策（さく）

紀州藩主徳川頼宣が出府を願い出た。幕府に恨みを持つ大立者が沈黙を破ったのだ。家綱に危害が及ばぬよう賢治郎が目を光らせる。しかし頼宣の想像を絶する企みが待っていた。

五 寵臣（ちょうしん）の真（まこと）

賢治郎は家綱から目通りを禁じられる。浪人衆斬殺事件を報せなかったことが逆鱗に触れたのだ。事件には紀州藩主徳川頼宣の関与が。次期将軍をめぐる壮大な陰謀が口を開く。

六 鳴動の徴

激しく火花を散らす、紀州徳川、甲府徳川、館林徳川の三家。甲府家は事態の混沌に乗じ、館林の黒鍬者の引き抜きを企てる。風雲急を告げる三つ巴の争い。賢治郎に秘命が下る。

七 流動の渦

甲府藩主綱重の生母順性院に黒鍬衆が牙を剝いた。なぜ順性院は狙われたのか。家綱は賢治郎に全容解明を命じる。身命を賭して二重三重に張り巡らされた罠に挑むが――。

八 騒擾の発

家綱の御台所懐妊の噂が駆けめぐった。次期将軍の座を虎視眈々と狙う館林、甲府、紀州の三家は真偽を探るべく、賢治郎と接触。やがて御台所暗殺の姦計までもが持ち上がる。

九 登竜の標

御台所懐妊を確信した甲府藩家老新見正信は、大奥に刺客を送って害そうと画策。家綱の身にも危難が。事態を打破しようとする賢治郎だが、目付に用人殺害の疑いをかけられる。

十 君臣の想

賢治郎失墜を謀る異母兄松平主馬が冷酷無比な刺客を差し向けてきた。その魔手は許婚の三弥にも伸びる。絶体絶命の賢治郎。そのとき家綱がついに動いた。壮絶な死闘の行方は。

徳間文庫　書下し時代小説　好評発売中

全十巻完結

徳間文庫の好評既刊

上田秀人

大奥騒乱
伊賀者同心手控え

将軍家治の寵臣田沼意次に遺恨を抱く松平定信は大奥を害して失脚に導こうとする。危難を察した大奥表使い大島は御広敷伊賀者同心に反撃を命じる。やがて大奥女中すわ懐妊の噂が駆け巡り、事態は急転。女中たちの権力争いが加熱し、ついには死者までも。

上田秀人

日輪にあらず
軍師黒田官兵衛

黒田官兵衛は織田家屈指の知恵者羽柴秀吉に取り入り、天下統一の宿願を信長に託した。だが本能寺の変が勃発。茫然自失の秀吉に官兵衛は囁きかける。ご運の開け給うときでござる――。秀吉を覇に導き、秀吉から最も怖れられた智将。その野心と悲哀。

徳 間 文 庫

禁裏付雅帳[九]

続(ぞく)　揺(よう)

上 田 秀 人

徳 間 書 店